예순, 이제 겨우 청춘이다

예순,
이제 겨우 청춘이다

초판 1쇄 인쇄일 2017년 4월 20일
초판 1쇄 발행일 2017년 4월 27일

지은이 정희수
펴낸이 양옥매
디자인 이수지
교 정 임수연

펴낸곳 도서출판 책과나무
출판등록 제2012-000376
주소 서울특별시 마포구 방울내로 79 이노빌딩 302호
대표전화 02.372.1537 **팩스** 02.372.1538
이메일 booknamu2007@naver.com
홈페이지 www.booknamu.com
ISBN 979-11-5776-424-2 (03810)

이 도서의 국립중앙도서관 출판시도서목록(CIP)은 서지정보유통지원 시스템 홈페이지(http://seoji.nl.go.kr)와 국가자료공동목록시스템 (http://www.nl.go.kr/kolisnet)에서 이용하실 수 있습니다.
(CIP제어번호 : CIP2017009640)

꽃바구니 데굴데굴 금잔디에 굴러놓고
풀피리를 불어봐도 시원치는 않더라

靑

정희수 자전적 에세이

예순, 이제 겨우 청춘이다

春

책과나무

나는 몰라 웬일인지 정녕코 나는 몰라
봄바람님의 바람 살랑 품에 스며드네

프롤로그 prologue

나는 중학교 시절부터 일기를 써왔다. 그을음을 피우던 호롱불을 벗 삼아 추억을 새겨 넣었다. 이 별것 아닌 습관은 예순을 맞은 지금까지 이어지고 있다. 고등학교 시절, 은사님의 집에서 수천 권의 책으로 가득한 서재를 보았다. 온갖 지혜로 가득 찬 그 장엄한 책장 앞에서 은사님은 조용히 웃고 계셨다. 그이의 온유함과 몸에 밴 겸손함이 바로 그곳에서 기인하고 있음을 알았다.

그날부터였다. 돈을 아껴 책을 사들였고 늘 펜과 노트를 챙겼다. 시간이 나면 헌책방에 들러 책을 들춰보고 샀다. 소박한 깨달음을 매일 기록하는 습관은 나를 실천가로 성장시켰다. 40년간 쓴 일기가 모이니 한 인간과 당대에 대한 실록이라 할 만했다. 장서에 대한 욕심으로 시작한 책 모으기는 나를 학습하는 사람으로 만들었다. 약간의 돈이 생겼을 때도 나는 밥을 먹을지 책을 살지 갈등하지 않았다. 늘 책이 우선이었다. 그러다 보니 어느새 2천여 권의 장서가 모였다. 두고두고 곱씹게 하는 양서도 많지만 형편없는 지식소매상의 책도 꽤 된다. 그리고 이 많은 책 중에 내가 쓴 책이 없다는 것을 생각했다.

2016년 여름, 나는 '내 책 쓰기'에 도전했다. 환갑을 맞아 나의 삶과 철학이 담긴 책 한 권을 내는 것이 남은 생을 밀고 나갈 동력(動力)이 될 것만 같았다. 무엇보다 사랑하는 아들, 그리고 뒤이어 파릇하게 솟아날 손주들을 위해 기억이 흐려지기 전에 기록을 남기는 것이 좋겠다고 생각했다.

막상 초고를 집필하려고 서재에 앉으니 겁부터 났다. 전문적인 글쓰기를 배우지 못한 나에겐 그간 엉성한 필치로 기록한 습작만 있었다. 책을 읽고 '졸작'이라는 혹독한 평가를 할 독자들도 두려웠다. 하지만 이 도전을 두고 후회하진 않을 것 같다.

“내, 이 꼴 날 줄 알았어. 그래도 충분히 버텼잖아?”

I knew if I stayed around long enough, something like this would happen.

종종 소개되는 버나드 쇼의 묘비명이다. 그는 자신의 죽음마저 위트로 맞이했다. 그의 묘비명을 약간 비틀어 과장하면 다음과 같다.

“우물쭈물하다가 내 이럴 줄 알았다.”

어찌 됐든 인생은 한 번이고, 죽음은 절대적이다. 지금 쓰지 않으면 후회할 것 같다. 평소의 기질대로 몸부터 들이밀었다. 글쟁이들은 서로 짜기라도 한 듯 나에게 조언했다.

“첫 글은 죄다 형편없지. 죽치고 앉아 맘에 들 때까지 고치고 쓰는 수밖에.”

왕도(王道)가 없다는 말에 오히려 용기를 얻었다. 처음은 누구에게나 어려운 것 아닌가?

이 책은 나의 삶에서 퍼 올린 이야기를 담은 에세이 모음이다. 일종의 자전적 에세이다. 뛰어난 이야기는 아니지만 솔직하게 나의 삶을 담았다. 나와 손잡고 함께 동시대를 걸어온 이들과 인생이 출구 없는 동굴 같다는 청춘들에게 작은 위안이 되었으면 한다.

2017. 4. 20. 매송서실에서

목 차 contents

차茶는 식었지만 난향蘭香은 남았다

“

I knew if I stayed around long enough, something like this would happen.

”

봄꽃 향기는
어머니 품을 닮았다

나는 살아오며 힘들 때마다 고향의 봄을 생각했다. 칼바람 부는 겨울이 영원할 듯 고통스럽지만, 결국 봄을 이기는 겨울은 없는 법이다. “이것도 곧 지나가리라”, “겨울 뒤엔 반드시 봄이다” 고난에 겨워 정말 힘들면 나도 모르게 되뇌는 문구다. 지금도 거제공장에 봄바람이 불면 고향의 그 날을 그리며 눈을 감는다. 맑은 강과 따뜻한 봄꽃 향기는 어머니의 품을 닮았다. 딩골의 봄은 그렇게 각인(刻印)되었다. 굶주렸지만 늘 찬란한 새봄이었다.

”

딩골의 봄

내가 태어난 시(時)를 물을 때마다 어머니께서는 “해거름에 낙동강이 빨갛고 산 그림자가 앞산에 왔을 무렵 네가 태어났다.”라고 하셨다. 나는 1957년 음력 5월 29일, 경북 문경에서 육남매의 장남으로 태어났다.

고향 마을의 옛 이름은 ‘딩골’이다. 동네 옆으로 흐르는 영순강과 내성천이 만나 낙동강의 본류를 형성한다. 고향을 묻는 이들에게 “내성천을 거슬러 올라가면 회룡포와 삼강주막이 있다.”라고 하면 고개를 끄덕인다. 내 고향 딩골은 영순면 율곡2리라는 주소로 변경되었다가 몇 해 전 ‘딩골로'라는 새 주소로 옛 이름을 찾았다. 어렸을 땐 '딩골'이라는 마을 이름이 참 촌스럽다고만 생각했다. 문경에서 고등학교 시절 친구들에게 고향을 '딩골'이라 하면 좌중에 웃음이 터져 나오곤 했다.

내가 태어나고 2~3년 터울로 네 명의 동생이 나왔다. 다만 늦둥이로 나온 막내는 나와 열다섯 살 차이다. 내 밑으로 철수, 정순, 수용, 미자 그리고 진수 이렇게 육남매다. 집엔 할아버지, 할머니, 작은아버지, 우리 식구 이렇게 대가족을 이뤄 살았다. 방 하나에 우리 식구 여덟 명이 누우면 방이 터져버릴 것만 같았다.

낙동강에 봄이 오면 우리 육남매는 인근의 산과 들, 강변으로 내달렸다. 집 앞 양지바른 곳에는 이름 모를 꽃들이 가득 피었고, 뒷동산엔 할미꽃과 진달래가 꽃다지로 흐드러졌다. 그 위로 뻐꾹새들은 서로 운율을 맞춰 울어댔다. 개울은 겨우내 덮고 있던 얼음을 녹였고 땅은 그 습기를 마셔 들꽃 무지를 힘껏 밀어 올렸다. 개울을 따라 내달리면 달콤한 꽃향기가 끝없이 이어졌다. 꽃길 밑 개울가엔 묵혔던 겨울 빨래를 하는 아낙들의 웃음소리와 빨랫방망이 소리가 섞여 요란했다. 봄 치마를 꺼내 입은 동네 처녀들은 바구니를 끼고 콧노래 부르며 들나물을 찾았다. 멀리서 보면 들판 가득한 봄꽃과 처녀가 분간되지 않았다.

어린 나이였지만 집안 농사일에서 비껴갈 순 없었다.

아침이면 아버지는 우리 남매를 보리밭으로 몰았다. 한참이나 쭈그려 앉아 고랑 고랑을 잡아 매다보면 허리가 끊어질 것 같았다. 우리가 여러 번 일어서서 허리를 펴는 동안에도 저 멀리 아버지는 일어설 줄 모르고 웅크려 일하셨다. 새참 때가 되면 어머니는 종종걸음으로 집으로 가셨고, 어머니가 떠난 보리밭 고랑은 더욱 멀게만 느껴졌다. 얼마쯤 흘렀을까, 멀리 아지랑이 뒤로 새참을 머리에 이고 오시는 어머니가 보이면 우리 남매는 언제 인상을 썼냐는 듯 웃으며 조잘댔다. 어머니는 무말랭이와 깻잎무침을 잘 하셨는데 나는 지금도 우리 어머니가 이 반찬만큼은 대한민국 최고라고 생각한다.

점심을 넘겨 우리가 호미 한 삽마다 어린 숨을 토하며 낑 낑 엄살을 떨면 아버지가 짧게 말씀하셨다.

"너희들은 이제 집에 가라."

나와 동생들은 기다렸다는 듯 밭에서 줄행랑을 쳤다. 밭에서 나오면 종달새도 나비도 할미꽃도 다 눈에 들어왔다. 지금 생각해보면 참 철이 없었다.

우리 남매는 물오른 소나무를 낫으로 깎아 하모니카를 불 듯 먹었고, 강가의 찔레나무 새순을 따서 배를 채우곤 했다. 칡뿌리를 질겅대다 나른한 봄볕에 취해 낮잠을 자다 보면 "이랴! 이랴!" 하는 밭갈이 소리와 아이들의 버들피리 소리가 아련히 들려왔다. 잠에서 덜 깬 우리는 몽롱하게 앉아 아지랑이에 비낀 황홀한 들판을 보며 한참을 있었다. 신나게 놀다 해넘이 무렵 집에 돌아와도 부모님은 보리밭에 계셨다.

보리가 여무는 5월 말까진 보릿고개를 힘겹게 올라야 했다. 전년에 쌓아둔 고구마가 바닥나면 좁쌀을 갈아 만든 멀건 죽에 나물을 삶아 배를 채워야 했다. 부뚜막에 불을 지피면 새어 나온 연기가 부엌에 가득했다. 연기 속에서 뛰쳐나온 어머니는 눈물을 닦으며 깊은숨을 들이마시곤 하셨다.

호롱불 아래 가난한 밥상에도 봄은 있었다. 겨울을 견뎌 땅심을 먹고 큰 봄동, 달래, 냉이를 넣은 죽은 입만 대도 후루룩 사라졌지만, 그 향기는 뱃속에 오래 남았다. 밭둑이나 논둑에서 봄나물을 캐서 밥상에 올리면 이것이 진수성찬이었다. 이래서 사계절 중에 오직 봄만을 새봄이라고 하지 않았던가.

나는 지금도 남강수 가수의 곡, '봄바람 님바람'의 가사를 가장 좋아한다.

꽃바구니 데굴데굴 금잔디에 굴러 놓고
풀피리를 불어봐도 시원치는 않더라
나는 몰라 웬일인지 정녕코 나는 몰라
봄바람 님의 바람
살랑 품에 스며드네

아름다운 서정에 율동감 있는 가사가 일품이다. 나는 살아오며 힘들 때마다 고향의 봄을 생각했다. 칼바람 부는 겨울이 영원할 듯 고통스럽지만, 결국 봄을 이기는 겨울은 없는 법이다.

"이것도 곧 지나가리라", "겨울 뒤엔 반드시 봄이다"

고난에 겨워 정말 힘들 때면 나도 모르게 되뇌는 문구다.

지금도 거제공장에 봄바람이 불면 고향의 그 날을 그리며 눈을 감는다. 맑은 강과 따뜻한 봄꽃 향기는 어머니의 품을 닮았다. 딩골의 봄은 그렇게 각인(刻印)되었다. 굶주렸지만 늘 찬란한 새봄이었다.

은어가 오는 섬

내가 어릴 때는 고향을 감싸 도는 낙동강, 영순강의 물이 맑고 달았다. 소먹이를 하거나 들에 나갈 때 목이 마르면 그냥 손으로 떠 마셨다. 지금은 낙동강이 온통 댐과 보로 막혀 최악이지만 당시 초여름이면 은어가 떼를 지어 올라왔다. 그때 올라오는 은어 떼는 마치 달빛을 받아 반짝이는 강 물결처럼 보이기도 했다.

저 멀리 부산 앞바다에서 낙동강 삼각주를 거쳐 올라온 은어는 밀양을 거쳐 남강, 황강(합천)쪽으로 한 갈래, 고향 땅 영순강, 내성천을 거슬러 문경, 봉화, 안동으로 한 갈래가 올라갔다. 여름이면 살집이 통통한 은어가 잡히는데 날로 먹어도 탈이 안 날 정도로 깨끗한 어종이다. 은어를 베어 물면 수박 향이 은은히 난다. 은어는 1급수에만 사는 일년생으로 예전엔 임금님 진상품목에 있었다 한다. 백성에게는 잡기를 금했을 정도로 귀한 대접을 받았다.

붕어, 쏘가리, 잉어는 지천이었다. 나는 족대(뜰채)를 들고 강에 나가 물고기를 잡곤 했다. 장마가 지면 미꾸라지가 개울을 따라 올라왔다. 심지어 집 마당에서 꼬물거리고 있는 놈을 주울 정도였다. 메기나 가물치들은 버드나무 뿌리에서 숨어 지내며 알을 깠다. 동네 구석구석을 모두 알았기에 고기 잡는 일은 식은 죽 먹기였다. 장마가 끝나면 강변은 살모사 천지였다. 살모사가 대가리를 쳐들고 슉! 슉! 소리를 내며 돌진하면 나는 낫을 겨누고 있다가 그대로 휘둘러 요절을 내곤 했다. 때로 예닐곱 마리가 나를 에워쌀 때도 있었는데 그때는 나도 몸을 빼기 바빴다. 철이 없었는지 겁이 없었는지 하여간 나나 동네 아이들 누구도 뱀을 무서워하진 않았다.

여름이면 아버지는 우리 남매에게 소먹이를 시키셨다.

집에 키우던 소가 일곱 마리였는데 아버지는 산 풀은 배가 부르지 않고 영양가가 없다며 꼭 섬으로 데려가 섬 풀을 먹이라 하셨다. 영순강과 낙동강이 만나는 지점에는 강가에서 툭 튀어나와 제법 모래펄을 이룬 땅이 있었는데, 고향 사람들은 그냥 '섬'이라 불렀다. 바다로 치면 '곶'과 같은 땅이다. 한국전쟁으로 민둥산이 많았고 집마다 나무장작을 땠기에 나무도 풀도 부족했다. 동무들은 소를 산에 풀고 내려와 낙동강에서 놀았지만, 난 그럴 수가 없었다. 아버지는 엄격하셨고 자주 큰소리로 나무라셨다.

난 동생과 단둘이서 섬에서 온종일 소와 지내야 했다. 태양에 머리가 달구어져 견딜 수 없으면 강에 들어가 자맥질을 했다. 지루함을 달래기 위해 메기도 잡아봤지만 별 소용이 없었다. 소가 작물을 해치면 안 되기에 소에서 눈을 뗄 수 없어 자유롭게 놀지도 못했다.

목이 마르면 섬 밭에 가서 수박과 참외를 따왔다. 밭에서 딴 수박은 왜 그리 뜨겁기만 했는지……. 냉장고는 구경도 못 하던 시절이었다. 강에 담가 식을 때까지 기다려 동생과 쪼개 먹곤 했다. 당시 수박이 한 달구지에 7천 원 정도 했으니 그저 편하게만 먹을 순 없었다. 아버지 몰래 따먹는 건 늘 겁났다.

외로운 한낮엔 매미만 시끄럽게 울어댔다. 멀리서 한 놈이 울기 시작하면 여러 놈이 함께 울어 마치 파도가 자갈을 쓸어 내는 듯했다. 나중엔 귀가 멍할 정도여서 원두막에서 쪽잠을 자다 깰 수밖에 없었다. 비가 오거나 이슬이 내린 날은 매미들은 침묵했다. 해가 질 무렵에도 매미들은 울지 않았다. 참매미는 맴 맴 맴 매~ 하는 운율을 잊지 않았다. 하지만 요즘 시내를 점령한 외래종 말매미는 자동차 경적만큼 시끄럽다. 각종 불빛으로 밤낮을 분간 못하게 된 매미들은 심야에도 끝없이 울어 더위를 보탠다. 심지어 중국 매미인 꽃매미는 과일까지 습격해 담즙을 빨아 대니 토종매미가 주었던 운치 또한 옛이야기가 되고 말았다.

언젠가는 동무들과 놀기 위해 소를 산으로 끌고 갔다. 영순강에는 '똥꿍께'라는 바위 절벽이 있었는데, 동무들과 나는 이곳에 올라 다이빙을 하며 놀았다. 한참을 놀다 정신이

들면 소들이 사라져 동생과 사방으로 뛰며 소를 찾으려 비지땀을 흘리기 일쑤였다. 돌아오는 길엔 억지로 소에게 논물을 마시게 했다. 아버지는 소의 배만 봐도 섬 풀을 먹였는지, 산 풀을 먹였는지 아셨다.

맑고 깨끗한 고향 땅이 너무나 그립다. 하지만 그땐 사람이 너무나 그리웠다. 온종일 섬에서 소를 보며 하루를 버티는 건 싫었기에 난 어려서부터 도회지를 선망했다. 섬에서 소를 돌보는 일은 어린 시절 인내심을 키워줬지만, 친구들과 떨어져 있어야 했기에 교우관계는 소홀해졌다. 나는 섬에서 홀로 앉아 태양과 구름, 강과 꽃을 보며 상상을 하곤 했다. 혼자 진득이 앉아 생각하는 힘은 이렇게 자연스레 키워진 것 같다.

아! 어머니

아버지는 열여덟 살에 낙동강 건너 상주 함창의 상갈 마을 처자와 결혼하셨다. 우리 어머니시다. 이듬해 내가 나왔다. 가정은 순탄하지 않았다. 아버지는 전형적인 경상도 상남자 스타일이셨다. 말수가 적으셨고 술을 드시면 거침이 없으셨다. 당신께선 가마니 · 땅콩 · 도루깨(도리깨) · 쌀 · 개 · 소 장사 등 안 해 본 일이 없을 정도로 사업을 많이 벌이셨다. 시작한 사업은 얼마 안 가 접기 일쑤였다. 그나마 땅콩과 소 장사는 좋았는데 나중에 오동나무를 심는다고 외진 돌산을 사들여 돈을 많이 잃으셨다. 사업이 안 될수록 아버지의 속은 더욱 타들어 갔고 약주를 드시는 날이 많아졌다. 육남매가 줄줄이 입 벌리고 있으니 가장(家長)으로서 고충은 또 얼마나 컸으랴.

우리 집은 초가집이었다. 아궁이에 불을 지펴 방을 데웠다. 구들방과 부뚜막 연통이 잘못되었는지 불을 피울 때마다 연기가 부엌에 가득 찼다. 땔감이 귀한 터라 생소나무를 꺾어 밥을 지었는데, 생나무는 연기가 많고 매웠다. 겨울에는 바람이 역류해 마치 굴에 갇힌 너구리 꼴이 되기 일쑤였다. 삼시 세끼 매운 연기는 그렇게 어머니의 젊음을 갉아먹었다. 자주 잔기침을 하셨고, 연기를 못 견뎌 부엌을 뛰쳐나와선 연신 눈물을 닦으셨다. 어린 나이에도 나는 아버지가 원망스러웠다. 어머니는 고통을 호소하셨지만 아버지는 아무런 대책이 없었다. 밥상에 앉은 어머니는 늘 적게 드셨고, 밥이 맛이 없다고만 하셨다. 집이 곤궁해서였을까? 아니면 굶주림이 익숙해져 굳어진 것일까? 어머니는 무엇이든 잘 드시지 않고 약간의 밥만 드셨다. 철없는 마음에 나는 커서 무엇이든 맛있게 잘 먹는 여자랑 결혼해야겠다는 생각도 했다.

한번은 여름 장마 때 미꾸라지를 잡으러 개천을 뒤졌다. 미꾸라지를 따라가다 번쩍하는 고통으로 발을 빼니 피가 뚝뚝 떨어져 흙탕물에 번지고 있었다. 맨발에 깨진 유리병이 박힌 것이다. 곁에 있던 동무 태희네 어머니가 아기를 덮고 있던 보자기를 찢어 급히 나의 발을 감싸주셨다. 우리 앞집에 가서 아까징끼(옥도정기 : 빨간 소독약)를 발라 응급처치를 했다. 많이 놀란 나는 그날부터 몸살을 앓았다. 하늘이 빙빙 돌기만 했다. 내가 밥을 거르자, 보다 못한 어머니가 다가왔다.

"희수야, 빵 쪄줄까?"
"아니요, 먹기 싫어요!"

그리도 좋아하는 술빵을 아들이 마다하니 어머니도 놀라셨다. 사람의 기억은 신기하다. 수없이 많은 유년기의 기억이 잘려나가고 지워져도 이날 어머니의 음성은 지금도 귓가에 울린다. 사랑이 담뿍 담긴 다정다감한 목소리는 머리가 아니라 가슴 속에 담기나 보다. 어머니의 음성이 들릴 때마다 나도 가족과 직원들에게 진심 어린 사랑의 말을 건

넬 생각을 하게 된다.

어느 봄날인가 어머니는 약초 캐러 가자며 내 손을 잡으셨다. 다리를 걷어붙이고 낙동강을 건너 함창의 어실보산이라는 산으로 갔다. 나는 갓 배우기 시작한 하모니카를 불며 어머니와 가파른 산을 올랐다. 어머니는 약초바구니를 차고 오르막을 쉼 없이 오르셨다. 산 정상에 오르자 어머니는 아련한 표정으로 산 아래를 가리키셨다.

"희수야, 저기 보이는 저 집에서 네가 태어났다. 내가 살던 집이고, 너의 외가다."

친정이 그리우셨을까? 그렇게 한참을 서서 바라보셨다. 약초를 캔다고 하고 친정이 보이는 험한 뒷산 정상까지 오른 어머니의 마음을 나이를 먹으니 알게 된다. 아마 어머니는 홀로도 자주 이곳에 오셨으리라. 나는 당시에도 땅을 헤치며 약초 캐는 어머니 옆에서 철없이 하모니카만 불고 있었다. 풀냄새가 향기롭고 내려오는 길이 편해 마냥 즐겁기만 했다. 나중에 더 커서 다시 왔을 땐 산이 얼마나 가파르고 험하던지, 어린 나이에 그 산을 어찌 올랐나 싶었다.

지금 어머니는 다리가 불편해 함께 산에 오르지 못하신다. 그래서 그날 내 손목을 끌고 함께 산에 올라 외가를 보여주시던 어머니의 젊었던 모습이 그립기만 하다. 따뜻하고 좋은 기억은 죄다 어머니의 품에서 나오나 보다.

엄동설한의 악동들

옛날의 겨울은 그저 추웠다. 요즘같이 지구온난화로 인한 따뜻한 겨울은 상상도 못했다. 쌓인 눈을 견디지 못한 소나무는 팔이 부러졌고 밤이면 낙동강 얼음 굳는 소리가 쩡! 쩡! 하며 울려 퍼졌다. 겨울밤 동생들과 방에 누우면 등은 따뜻했지만 위로는 찬 공기에 코가 시렸다. 낙동강 얼음소리가 들리면 우리는 솜이불을 머리까지 덮으며 웅크리곤 했다.

논밭이 꽁꽁 얼어붙은 날 등굣길은 고역이었다. 찬바람이 불어 귀가 떨어질 것 같았지만, 귀마개는 언감생심, 두

손으로 귀를 가리고 꽁꽁 뛰어다녔다. 그러다 동무 한 명이 미끄러지면 뒤따라 뛰던 아이들도 나무동이처럼 쓰러졌다. 나중엔 손이 부르터 거북이 등이 되고 딱지에 피가 고였다.

우리는 변변한 옷도 없이 겨울바람을 맞아야 했지만 연일 밖으로 돌았다. 연날리기, 스케이트 타기, 팽이치기 등 대문만 나서면 온 들이 놀이터였다. 놀이 중 으뜸은 단연 '닭싸움(투계)'이었다. 집집이 닭이 수 마리씩 있었고, 그 중 장닭은 대장 노릇을 하며 밭과 논을 유유히 누비고 다녔다. 지금은 투계를 하면 동물학대죄나 도박죄로 처벌받지만 당시 닭싸움은 동네 형들이나 아이 할 것 없이 누구나 즐거워하는 최고의 동계올림픽이었다. 닭싸움의 승부는 간단했다. 싸움을 붙이면 호전적인 닭이 기선을 제압한다. 궁지에 몰린 닭은 피를 흘리며 고개를 숙였고, 조금 더 얻어맞아 꼬리를 빼고 도망가면 끝난다.

닭싸움을 시키려면 우선 닭을 잡아가야 했는데 이것도 쉬운 일이 아니었다. 한 번 도망친 닭은 주로 산으로 올라갔고 이 닭을 잡는 일이 아이들의 몫이었다. 고래고래 고함을 치며 산을 기어올라 닭을 포위하면 어느새 닭은 새처럼 날아 산 밑으로 줄행랑치곤 했다.

우리 집에도 덩치 큰 장닭이 있어 싸움닭으로 자랐다. 기질도 좋아 단연 서열 1위를 유지한 놈이다. 날을 잡아 이놈을 잡으려 몰았는데, 글쎄 이놈은 예상이라도 했다는 듯한 치의 동요 없이 일직선으로 산을 탔다. 쫓아가다 보니 산 정상이다. 산 정상의 벼랑 바위에서 고고하게 깃을 세운 이놈은 내가 덮치자 마치 학처럼 날아올라 비행했다. 닭의 날개는 장식품이 아니었다. 숨이 턱에 차서 내려오면 그놈은 마치 아무 일 없었다는 듯 집 앞마당에서 모이만 쪼고 있었다.

닭싸움의 기본은 체력이다. 체력이 좋은 놈이 더 세차게 뛰어올라 상대의 가슴을 며느리발톱(뒤 발톱)으로 차는 것이다. 체급 차이가 많이 나면 한두 번의 교전으로도 승부가 난다. 싸움은 대부분 그렇게 끝난다. 하지만 도망가는 수탉을 계속 쫓아 동네를 빙빙 돌면서 대가리를 쪼아가며 끝을 보는 놈도 있다. 토종닭 중 더러 이런 놈이 있는데 이런 수탉의 혈통을 잘 보전하면 훌륭한 싸움닭을 연이어 낼 수 있었다.

체급이 비슷하면 싸움은 길어진다. 닭은 체력이 바닥나면 서로의 볏을 노리는 '도끼질'이라는 비책을 쓰는데 이럴 때 닭대가리가 피투성이가 되곤 한다. 피투성이가 된 닭은 추위에 꽁꽁 얼어 안쓰럽기만 했다. 그래도 동네 형들은 닭싸움을 멈추지 않았다. 닭의 힘을 기르기 위해 가을부터 미꾸라지, 뱀을 사료에 섞어 주기도 했다. 목이 긴 닭이 싸움에 유리했기에 미꾸라지를 나무에 달아 닭에게 돋음닫기를 시키거나 목을 쭉 빼게 하는 훈련도 병행했다.

김유정의 단편소설 「동백꽃」을 보면 주인공의 닭이 매일 점순이네 닭에게 쪼이자 고추장을 먹여 전투력을 높이는 대목이 있다. 이 때문에 사람들은 닭에게 고추장 비빔밥을 먹이면 싸움을 잘하는 줄 알기도 한다. 고추장은 다만 닭의 기운만을 높인다. 빨리 흥분하지만, 막상 체력싸움에 들어가면 고추장도 큰 도움이 되진 않는다.

당시 싸움닭으로 명성을 떨친 종자는 일본의 '한두'와 인도의 '샤모'인데, 이 둘을 교배시켜 나온 최고의 싸움닭이 바로 '우두리'다. 집에 이런 수컷 싸움닭이 있으면 무서울 것이 없었다. 토종닭 중 사나운 놈은 종자를 특별 관리하기도 한다. 우리 뒷집 형은 '한두' 닭을 구해 키웠는데 다리와 목이 길고 한 번 날갯짓으로 날아올라 발로 상대를 타격하는 모습이 일품이었다. 모습도 고고해 털에는 윤기가 흐르고 꽁지깃은 한껏 올라있었다. 나도 언젠가 저런 멋진 닭을 키우고 싶다는 생각을 했다.

나와 바로 밑 동생인 철수는 닭을 무척이나 좋아했다. 특히 노릇한 솜털이 날리는 병아리는 너무나 귀여워 날이 추워지면 종일 두 손으로 감싸 다니곤 했다. 병아리의 가슴은 콩콩 빠르게 뛰었고 손가락으로 전해지는 박동은 경이롭기만 했다. 혹한이 계속되던 날, 나와 동생은 유난히 좋아했던 어린 닭을 방에 들여 함께 잤다. 다음 날 일어나니 이불은 물론 온방에 흩뿌려진 닭똥을 보고 경악했다. 닭띠인 나는 닭을 그렇게 좋아했지만, 좀 더 커서 삼계탕과 육개장, 구운 닭 맛을 알아버린 후엔 닭을 보면 사랑 대신 입맛만

돋았다.

가장 극적인 일은 닭서리 사건이다. 동무들과 겨울 논길을 지날 때였다. 지미네 닭 한 마리가 논두렁에 다리 하나만 집어넣고 추위에 떨고 있는 것이 아닌가? 내가 돌을 집어 들어 던지니 녀석은 다리가 부러져 걷지 못했다. 이놈의 날개를 잡아 앞산 골짜기에서 불을 피워 그을려 구워 먹었다. 소금이 없었지만 늘 배가 고팠기에 그저 고소하기만 했다. 악동들은 검댕을 입술에 묻힌 채 배를 두드리며 마을에 들어섰다. 이미 마을은 난리가 아니었다. 지미 어머니는 범인을 색출한다고 고래고래 소리를 질렀고 아직도 집에 돌아오지 않는 악동을 아들로 둔 아낙들은 저마다 근심어린 표정으로 발을 굴렀다. 결국, 우린 이실직고했고 할머니는 300원을 물어주셨다. 흔히 '서리'는 옛날엔 관대했다고 생각할 수 있지만 먹고 살기 힘들었던 옛날에도 '서리'는 큰일이었다.

시계가 귀했던 시절이라 닭 울음소리를 듣고 시간을 가늠했다. 꼬끼오! 첫 번째 울음은 새벽 4시경이다. 두 번째 울음이 나고 동네에 세 번째 울음이 퍼지면 산등성이에 해가 난 것이다. 첫 울음이 나면 잠이 없으신 노인들이 먼저 일어났고 우리는 세 번째 닭 울음이 더 늦길 바라며 이불 속에서 꼼지락거렸다.

목골댁 할매

초등학교 시절 할머니는 여름 장날이 되면 수확한 배추씨와 무씨를 머리에 이고 점촌까지 20리 길을 걸어가셨다. 장터에서 조금 떨어진 시내 길가에 보따리를 펼쳐놓고 지나가는 사람 소매를 붙들고 씨앗을 파셨다. 할머니는 장이 끝나도 집에 돌아오지 않으셨다. 할머니는 그 옛날 보부상처럼 다시 짐을 싸 가은이나 문경 마성, 농암, 예천 등지로 다니시며 남은 씨앗을 파셨다.

할머니가 떠나면 나와 동생들은 목을 빼고 돌아오시는 날만 기다렸다. 할머니가 배추씨를 판 돈으로 양손 가득 손자 손녀들 먹을 것을 사 들고 오셨기 때문이다. 할머니의 보따리를 풀면 옥수수, 참외, 자두, 사탕, 과자가 가득 쏟아졌다. 할머니의 행처는 인편을 통해 확인할 수밖에 없었다. 씨앗이 다 팔릴 무렵 할머니는 동네사람에게 '언제 돌아가마' 하고 전갈을 주셨다. 할머니는 주로 밤이슬을 맞으며 돌아오셨다. 우린 작은 손전등도 없이 호롱 램프를 들고 비포장도로를 따라 할머니를 맞으러 갔다. 또 어느 날엔 모깃불을 피워놓고 멍석 위에 누워 소형라디오에서 흘러나오는 연속극을 듣거나 흘러가는 노래를 들었다. 멍석 위에 누워 밤하늘을 보면 좁쌀같이 촘촘하게 박힌 별들이 빛나다 빙글빙글 돌았다. 할머니를 기다리는 시간은 모든 것이 행복했다.

하루는 시내에서 배추씨를 팔던 할머니에게 경찰이 달려들어 빨리 치우라고 호통을 쳤다. 어린 나이에 창피하다는 생각부터 들었다. 할머니의 보따리만 탐할 줄 알았지 할머니의 일을 존경할 줄은 몰랐다.

할머니는 침이나 뜸과 같은 민간요법에도 밝으셨다. 동

네사람에게 긴급 처방은 물론 구호 조치까지 하셨다. 마을은 물론이고 인근에서도 '목골댁' 하면 모르는 사람이 없을 정도였다. 사람들은 밤에도 급하게 할머니를 찾곤 했다. 그럴 때마다 할머니는 하시던 일을 제쳐놓고 다급한 걸음으로 떠나셨다. 작은 체구였지만 그럴 때 할머니 걸음은 날쌨다.

급체, 다친 사람, 두통이나 근육통까지 증상은 다양했지만 어쨌든 할머니는 당신이 배우신 민간 비법으로 정성껏 치료하셨다.

손주들이 체하면 침을 놓고 약손으로 배를 문지르셨다. 그러면 어느덧 통증이 사라지고 '꺼억' 하며 시원하게 트림을 했다. 언젠가는 내가 심한 복통으로 끙끙대자 할머니는 밀가루 같은 분홍색 약을 주셨다. 분홍색 가루를 입에 털어 놓고 물을 마시자 뱃속이 부글부글 끓으며 요동쳤다. 신기하게도 얼마 지나지 않아 통증도 사라지고 편안해졌다. 지금 생각하면 '소다'였던 것 같다. 소다는 알칼리성으로 위산과다, 속 쓰림을 빠르게 잡아주는 효과가 있기 때문이다. 할머니는 점촌 보명당 약국에서 약을 지어 오시곤 했다. 고맙게도 보명당 약국은 아직도 남아있다.

그러나 동네 명성이 높아도 할머니는 정식의사가 아니었다. 머리가 굵어져 세상 이치를 알게 되자 나는 할머니의 '무자격 의료행위'를 걱정했다. 누가 해코지하려고 고발하면 큰일을 당할까봐 염려했다. 할머니는 사람을 치료하셨지만 정작 당신께서는 입술에 고질병을 안고 사셨다. 침으로 찌른 입술엔 피가 뭉쳐있었고 늘 아카시아 잎을 붙이고 다니셨다. 늘 마음에 걸렸지만 장손자인 내가 도울 수 있는 것이 별로 없었기에 더욱 서글펐다. 할머니가 때로 고통을 호소하면 어린 내 눈에도 눈물이 흘렀다. 그 정도로 나는 할머니를 좋아했다.

할머니의 손주사랑은 유명했다. 특히 장손자인 나를 끔찍이도 아끼셨다. 동네 사람들에게 늘 손주 자랑을 입에 달고 사셨다. 예의 바른 행동, 바른말과 같은 사소한 행동조차 할머니는 놓치지 않고 기억하셨다가 칭찬하셨다. 내가 나이 많은 형들에게 맞고 오는 날엔 동네가 시끄러웠다. 할머니는 우리 마을이나 남의 마을을 가리지 않고 나를 때린 형들을 잡아냈다.

초등학교 시절 우리 집 근처엔 감나무가 몇 그루 있었다. 집 안마당에 하나, 집 뒤에 두 개, 그리고 남쪽 개울 옆에 한 그루가 있었다. 가을이면 동네 이곳저곳에 감이 소담스레 달렸지만 집집마다 따거나 바람에 떨어지는 바람에 홍시는 귀했다. 그나마 집 앞마당 감나무의 제일 높은 가지엔 홍시가 남아 있곤 했다. 어느 날 작정하고 감나무를 타 꽤 높은 곳의 홍시를 따서 할머니 곁에 앉았다. 난 할머니 눈을 보고 배시시 웃으며 이불 속으로 홍시를 몰래 드렸다. 늘 배고팠기에 동생들이 홍시를 보면 못 견뎌 할 것이 뻔했기 때문이다. 홍시를 받아든 할머니는 행복한 표정으로 나의 머리를 쓰다듬으며 칭찬하셨다. 그리고 온 동네를 다니며 장손자가 준 홍시 자랑을 하셨다. 지금도 그날 할머니의 칭찬 소리가 귓가에 남아있다.

스물세 살, 내가 군대를 갔다 오고 첫 직장이었던 대기업 자동차회사에서 근무할 때였다. 할머니, 어머니를 모시고 경주, 부산을 여행시켜드리고자 했다. 집에 편지를 부쳤지만, 당일 어머니는 오지 않으시고 할머니만 대구 북부주차장에서 나를 기다리고 계셨다. 까만 우리 할매가 주차장 의

자에 앉아 무언가 잡수시고 계셨던 모습이 지금도 선하다.

우린 경주의 불국사 구경을 하며 사진도 찍었다. 토함산에 올라 탁 트인 풍광을 즐겼고 사찰을 다니며 고적의 향기에 흠뻑 빠졌다. 불교 집안이었기에 할머니는 더욱 호기심 어린 눈으로 사찰 이곳저곳을 살피며 공양을 하거나 절을 하셨다. 여관에서 묵은 다음 날 부산으로 와서 바닷가와 용두산 공원을 들렀는데 할머니는 마치 어린아이같이 좋아하셨다.

당시 내 형편이 좋았던 것은 아니다. 봉급이 77,000원 정도였는데 방세 3만 원, 연탄 값 3만 원을 쓰고 나면 쌀을 사기도 빠듯했다. 하지만 살아생전에 효도여행 한 번은 꼭 시켜드리고 싶었다. 어머니는 늘 살아있을 때 효도지, 어른이 돌아가시고 나서 제사상을 많이 받은 들 무슨 소용이겠냐며 살아생전 효도를 강조하셨다.

할머니께선 친정인 안동 풍산에 나를 꼭 데려가겠다고 말씀하시곤 했다. 친정 이야기가 나오면 할머니는 추억에 젖곤 했다. 하지만 할머니는 끝내 풍산에 가지 못하셨다. 지금은 자동차로 30분밖에 안 걸리지만, 그때는 문경에서 풍산을 가자면 꽤나 고생을 해야 했다.

2006년, 나는 고향 마당에서 어린 시절 할머니를 기다리던 자리에 멍석을 깔고 부모님과 동생내외를 불러 백숙을 먹었다. 어린 시절 그날의 추억을 느끼고자 했다. 하지만 아무래도 할머니를 기다리던 그 행복감은 오지 않았다. 할머니가 이미 돌아가셨기 때문이다. 할머니는 분명 하늘에서도 손주들을 굽어보시며 좋은 일을 하고 계실 것이다. 까만 우리 할매, 너무나 보고 싶습니다.

낼모레 보 하러 오소!

딩골 앞의 호남들에는 물이 귀했다. 전쟁 후라 나무가 없어 땅이 물기를 잡아둘 힘이 없었다. 비가 와도 하루만 지나면 물기는 사라져 논과 밭이 말랐다. 물 때문에 이웃 간에 싸움도 심심찮게 났다. 가뭄이 들면 논도랑 물을 서로 자신의 논에 대려 했는데 이 싸움이 바로 논물 싸움이다. 제 논에 물 들어가는 게 자식 입에 밥 들어가는 것보다 좋다는 말이 괜히 나온 말이 아니다. 논물 싸움이 격해지면 집안싸움, 동네 싸움으로까지 번졌다.

그래서 동네에선 가뭄이 시작되면 영순강 물을 호남들로

보내기 위해 보를 쌓았다. 도랑이 막히면 물이 흐르지 않으므로 보와 도랑의 물길을 깨끗이 정리하는 작업이 필요했다. 집집이 찾아다니며 공지하기란 영 불편해서 목청 좋은 할아버지 한 분이 득봉산 꼭대기에 올라 고함을 치셨다.

"내일모레 보 하러 오소!"
"내일모레 보 하러 오소!"

할아버지는 흰옷을 입고 동서남북으로 방향을 바꿔 외쳤는데 이렇게 하면 먼갓, 말응, 하율, 오랫골까지 들렸다. 할아버지는 꼭 이틀 전에 산에 오르셨기에 사람들은 할아버지 외치는 소리를 흐릿하게 들어도 내일모레 보 작업을 한다고 알아들었다. 심지어 산 정상에 흰옷이 휘날리는 것만 보고도 알았다.

보 하는 날엔 집마다 한 명씩 연장을 들고 나와 보 작업을 했다. 겨우내 쌓였던 진흙이나 모래를 모두 거둬내고 보의 마지막 구간을 막으면 맑은 영순강 물이 논도랑을 흐르기 시작했다. 나도 어른들을 따라 긴 장대에 두레박을 매달아 도랑의 물을 끊임없이 논두렁에 퍼 올렸다. 마른 논에 물이 스며들면 그제야 아버지는 땀범벅이 된 얼굴로 웃으셨다.

할아버지가 오랫골에 사셨기에 우린 '오랫골 할아버지', '보 하러 오소 할아버지'라 불렀다. 작은 체구였지만 할아버지는 목청만큼은 빼어났다. 마을에 상(喪)이 나면 할아버지는 요령을 흔들며 상엿소리를 하셨다. 제일 앞 만장이 나가고 망인의 위패를 든 장자가 서면, 보 할아버지가 상여를 멘 상두꾼을 이끌었다. 할아버지가 요령을 내리치며 선창하면 상두꾼들은 후창을 했고, 길이 가파르면 선창을 바꿔 상여의 호흡을 조절했다.

"에헤 헤이어 너화너 넘이가지 넘자 너와너."
"오늘 가면 언제 오시나 쉬엄쉬엄 가옵소서."

할아버지가 구슬픈 사연을 담아 망자에 대한 그리움을 더하면 유족이 엉엉 울고 동네 주민이 함께 울어 눈물바다가 되곤 했다. 그럴 때마다 할아버지는 더욱 구슬프게 소리를 해서 유족이 여한 없이 울 수 있도록 배려하셨다. 어린 나이였지만 나도 동네 어른의 상여가 나가면 따라가며 울었다.

낙동강을 가로지르는 영풍교를 건설할 때에도 마을 사람들이 삽과 곡괭이를 들고 집단 부역을 했다. 일을 마치면 관에선 돈 대신 밀가루를 주었다. 작은아버지는 꽤 오랫동안 산을 깎아 길을 내는 영풍교 공사를 하셨다.

어릴 적에는 득봉산이 우리나라에서 가장 높은 산이라고 생각했다. 하지만 득봉산은 높은 언덕처럼 생긴 작은 야산이다. 득봉산 정상에 올라가면 집마다 저녁밥 짓는 연기가 모락모락 오르는 광경을 볼 수 있었다. 당시 내 키 정도의 어린 소나무는 이제는 장성해 빽빽한 수림을 이루었다.

소리를 잘하셨던 그 할아버지는 이제 하늘나라에 계신다. 할아버지의 상엿소리는 더 이상 들을 수 없다. 어린 내가 듣기에도 할아버지를 대신 한 다른 어른의 상엿소리는 기운이 덜했다. 먼 산에서 아련히 울렸던 "보 하러 오소"

소리 역시 들을 수 없었다. 대신 얼마 후 보급된 스피커를 통해 울려 퍼지는 이장님의 목소리가 '보 하러 오소 할아버지'의 목소리를 대체했다.

끝이 안 보이던 땅콩 밭

아버지가 땅콩 농사를 시작하면서 나는 유년시절 대부분을 땅콩 속에 파묻혀 지내야 했다. 아버지는 1975년, 당시 돈 250만 원을 투자해 대단히 넓은 땅콩 농지를 매입하셨다. 봄이 오면 끝이 안 보이는 섬에 땅콩 씨를 뿌리고 초여름에 밭을 매 가을에 수확했다. 땅콩 밭이 얼마나 큰지 웬만한 인력으로는 엄두도 못 냈다. 땅콩 수확을 마치고 겨울이 시작되면 우리에겐 '땅콩 까기'라는 숙명이 기다렸다. 우선 통째로 캐온 땅콩을 집 마당과 지붕에 널어 말리기 시작하면 우리 남매가 놀 장소가 사라졌다. 땅콩이 마르면 큰방에 온 식구가 모여 땅콩을 깠다.

땅콩껍질이 깨지며 내뿜는 가루가 온 방을 덮었다. 햇빛을 받으면 가족의 머리와 어깨에 내려앉은 먼지가 하얗게 보였다. 지루함을 달래기 위해 누가 더 빨리 많이 까나 내기도 했지만, 얼마 못 가 그런 재미도 사라져 침묵 속에 빠각거리는 소리만 남았다. 먼지에 목이 잠기고 손가락에 물집이 잡혀 나중엔 땅콩을 집는 것도 아팠다. 간혹 동네 아주머니들이 와서 거들었고 아주머니들이 집에 돌아갈 때 어머니는 잔 땅콩을 싸서 손에 쥐어서 보냈다. 그래도 창고의 땅콩 자루는 줄어들 줄 몰랐다. 겨울은 길었고 땅콩 까기도 끝이 없었다. 땅콩 잎은 소먹이로 썼고, 화력이 좋은 땅콩껍질은 작은 부엌에서 소죽을 끓이는 땔감으로 썼다.

다 깐 땅콩은 할머니와 함께 점촌 장에 나가 팔았다. 이 또한 고역이었다. 자전거라도 있으면 좋으련만, 큰 땅콩 자루를 메고 20여 리 비포장 길을 가자니 굽이굽이 멀게만 느껴졌다. 동네에서만 살다 처음 땅콩 자루를 메고 점촌에 도착한 날 기억이 생생하다. 우리 마을도 100호 정도 되는 비교적 큰 동네였는데, 점촌은 완전히 발달한 도시였다. 기차를 처음 보았고, 사람이 왜 그리 많은지 모든 것이 신기하기만 했다.

삼일극장 뒤편의 근사한 양옥집에 땅콩을 팔러 갔다가 신기한 광경을 보게 되었다. 집안의 전축에선 음악소리가 흘러나왔고 남자와 여자 둘이 서로 껴안고 빙빙 돌았다. 참 우습다는 생각만 했는데 나중에 커서 그것이 지르박, 차차차, 브루스 같은 댄스였다는 것을 알게 되었다.

고구마, 감자와 같은 겨울양식이 부족했기에 우린 땅콩을 주식처럼 먹고 자랐다. 땅콩에 질린 나는 성장하며 땅콩은 물론 땅콩이 들어간 음식은 손도 안 대게 되었다. 지금은 견과류가 건강에 좋다기에 일부러 챙겨 먹고 있지만.

옛날 우리 동네에선 땅콩이 물기 머금은 모래밭에만 자라는 줄 알았다. 그래서 아버지도 굳이 강변 모래사장인 '섬'만 고집했을 것이다. 하지만 땅콩은 밭만 괜찮으면 어디서건 잘 자란다. 땅콩껍질을 까는 기계가 등장하고 나서야 우리 집은 겨울철 땅콩 까기에서 벗어날 수 있었다.

누에를 벗 삼아

초등학교 5학년 때 집에선 누에를 키웠다. 생활비에 보태거나 학자금을 마련하기 위해 마을에선 부업으로 누에를 많이 키웠다. 늦봄에 알에서 갓 태어난 누에씨를 사 조그만 바구니에 뽕과 함께 넣어주면 금방 누에로 자라 온 방에 가득 찼다. 누에씨(새끼)는 검은 빛 털이 보송해 마치 좁쌀 같다. 이 까만 좁쌀은 끊임없이 먹고 자라 몸 색깔이 우윳빛으로 바뀐다. 20일가량 지나면 누에는 어른 손가락만큼 커져 비로소 먹는 것을 멈추고 고치를 짓기 시작한다. 뽕잎을 썰어 누에에게 주면 사각사각 눈 밟는 소리가 났다. 때로 이 소리에 잠을 깨면 바구니에서 기어 나온 누에가 내 등에 깔려 죽어있기도 했다. 사각거리는 소리가 멈춘 방에선 경이로운 생명의 신비가 연출된다. 새하얀 실을 뽑아내며 솜사탕을 말던 누에는 제 몸의 실을 다 뽑아내면 다시 홀쭉해진다. 제가 뽑아낸 하얀 솜뭉치 속에 들어가 번데기가 되어 간다. 이후 번데기는 식용으로, 고치는 비단으로 쓴다.

우리 남매는 할머니와 함께 먼 섬에 나가 뽕을 따서 누에 밥을 주는 것이 일과였다. 당시 시골의 밭이나 논두렁엔 뽕나무가 얼마나 많은지, 뽕나무 열매인 오디가 우리의 주식이 되었다. 오디는 그 종류에 따라 맛도 여러 가지였다. 오디를 많이 먹은 날에는 검은 똥을 쌌다. 우리 남매는 밭이나 산길 가리지 않고 똥을 싸댔기에 우리 남매의 '오디 똥'은 어디에도 있었고, 그곳에서 뽕나무의 싹이 다시 났다.

내가 초등학교 6학년 때였을 것이다. 하얀 고치를 부대자루에 담아 말응과 금포를 지나 공판장 창고가 있는 영동초등학교까지 간 기억이 난다. 무겁진 않았지만 6, 7월 찜통더위에 솜이불이나 다름없는 커다란 고치 부대를 짊어지고 몇 십 리 산길을 걷는 건 쉬운 일이 아니었다. 아버지는 장남인 나를 어려서부터 밥벌이할 수 있는 남자로 키우고자 하셨다. 당시엔 고역이었지만, 시간이 지나니 아버지의 장자에 대한 훈육철학을 이해할 수 있었다. 시간이 많이 흘렀지만 그날 유난히 컸던 여치 울음소리와 끊임없이 나에게 달려들어 온몸에 붙었던 여치들은 기억한다.

어느 여름, 모처럼 휴가를 내서 어머님과 가족을 태우고 고향 그 길을 지날 때 아들 광준이에게 그날의 경험을 이야기했다. 아들은 신기한 이야기라도 된다는 듯 들었지만, 어찌 말로 어린 시절의 경험을 다 전할 수 있으랴.

요즘 아이들은 체험학습을 위해 누에 상자를 산다. 인터넷으로 주문하면 조그만 아크릴 상자에 몇 마리의 누에를 담아 택배로 보내준다. 누에가 뽕을 먹고 고치 몇 개를 치는데 이것조차 아이들에겐 경이로운 자연의 신비로 다가온다. 과거의 누에 업자들은 죄다 몰락하고 이런 식의 장사가 오히려 돈이 된다 하니 '누에 상자 공장'이 꽤 재미를 본다고 한다. 서글프다고 해야 할지, 그나마 다행이라고 해야 할지 모르겠다.

영창 국민학교 오후반

나는 영순면에 있는 영창 초등학교에 입학했다. 지금은 일제 잔재를 순화한다고 초등학교라고 명칭을 바꾸었지만, 당시엔 '국민학교'라고 불렀다. 우리 세대는 전후 베이비붐 세대다. 일반적으로 55년생에서 65년생까지를 한국전 베이비붐 세대라고 보는데, 내가 딱 이 세대에 속한다. 당연히 학교도 초만원이었다. 학교는 태어나는 아이들의 숫자를 감당하지 못했다. 오전반과 오후반이라는 제도도 이 때문에 탄생했다. 나는 오후에 등교했다. 오전에는 동무들과 득봉산에서 진달래를 꺾거나 달리기, 씨름으로 시간을 보냈다. 선생님은 날이 좋으면 운동장 나무 그늘 아래 자리를 깔고 수업을 했다. 때로 수업 대신 나무에 피해를 주는 송충이를 잡으러 전교생이 출동하기도 했고 겨울에 함박눈이 무릎까지 쌓이면 토끼사냥에 나서기도 했다. 포위망을 짜고 위에서 소리를 질러 토끼를 몰면 아래에선 무리를 지어 나무 귀퉁이로 몰린 토끼를 덮쳤다.

1, 2학년 때에는 연필도 고무지우개도, 연습장도 없이 교과서만 책보에 싸서 어깨에 메고 다녔다. 등굣길에 달음박질을 치다 엎어져서 무릎이 까지고 옷이 찢어지기도 했다. 그럴 때면 아픔보다는 나중 부모님께 혼날 생각부터 했다. 오후반이 되었을 때는 오전에 뛰어노느라 늘 배가 고팠다. 등굣길에 어머니가 싸준 도시락을 꺼내 게 눈 감추듯 먹어치우곤 했다. 반찬국물이 흘러 등을 벌겋게 적시며 지독한 냄새를 풍기는 일은 예사였다. 보자기에 책과 필통을 말아 등에 메고 뛰면 찰카당거렸고, 하굣길엔 양은 도시락 안에서 수저가 딸그락 딸그락거렸다. 당시 어머니는 마늘장아찌와 고추장 깻잎무침을 많이 해주셨는데 지금도 이 반찬은 너무나 좋아한다. 우리 어머니의 이 반찬을 먹어본 친구들은 커서도 가끔 어머니의 반찬이 그립다고 했다. 늘 배가

고팠기에 운동장 포플러 나무에 열린 열매도 입에 넣고 싶어 하늘만 쳐다보았고, 남의 집 마당에 열린 탱자를 먹고 싶었지만 사나운 개 때문에 한참을 서성이기도 했다.

한번은 친구 손명원과 학교 운동장에서 놀다 짓궂게도 교문 한가운데 큰 돌을 옮겨놓았다. 그런데 이 돌이 학교의 증축공사를 하러 오는 트럭의 길을 막았다. 이것이 화근이었다. 선생님은 우리에게 교무실 앞에서 손들고 무릎 꿇은 채 '잘못했습니다.'라고 100번 외치고 교실에 들어가라고 하셨다. 백 번을 외치는데, 나중엔 지치고 무안해 말이 나오지 않고 발음도 흐려지게 되었다. 지금 그 친구는 대학교 지질학과 교수가 되었다. 작년 동창모임 때 이 친구와 만나 시간 가는 줄 모르고 어릴 적 추억을 이야기했다.

50년이 지난 지금도 초등학교 동창모임이 이어지고 있다. 30명 내외로 구성된 남자와 여자, 두 개의 모임이다. 모임에 참석하는 친구들은 비교적 성공하거나 가정사가 순탄했다.

벌써 10명의 동창이 하늘나라로 갔다. 연탄가스 사고로 젊은 시절 떠난 친구가 있고 교통사고와 암, 뇌졸중 등으로 동무들이 하나둘 떠나간다. 나는 지금까지 모임에 이리저리 빠지다 동창들의 강권으로 영창 초등학교 22회 동기생 모임의 회장이 되었다. 상주공고 총동창회장을 2년 하고 다시 2년 연임을 했는데 이제 초등학교 동기생 모임까지 맡게 되었다.

같은 반 친구였던 태희네(지금은 하늘나라에 있다.) 집 마당에서 딱지치기하며 놀 때였다. 태희가 작은 방으로 가자며 우리를 모았다. 얼마 전 홍콩을 다녀오신 형님이 가져왔다며 장롱 깊숙이 손을 집어넣었다. 태희는 빨간 테로 된 둥근 거울을 보여주었다. 볼록거울이 아니었는데도 비친 사물이 크게 보여 신기하기만 했다. 아마 '여성용 화장거울'이 아니었을까 싶다. 나는 바지를 내리고 고추를 거울에 비춰보았다. 엄청나게 크게 보였다. 아이들이 까르르 웃으며 넘어갔다. '나도 좀 줘봐.' 하며 서로 자기 것을 비추며 뒤집어졌다. 이 이야기를 그 교수 친구, 명원이와 처음으로 했는데 얼마나 웃었는지 나중엔 정말 숨을 못 쉴 지경에 이르렀다. 창원에 사는 친구, 홍응상은 기억력이 얼마나 좋은

지 졸업 후 처음 만난 동창을 보자마자 "야! 너 오태석 아니야?" 하며 반색을 해 모두를 놀라게 했다. 졸업 후 만난 게 47년 만이었으니 대단한 기억력이다.

지금은 영창 초교는 폐교되고 학교건물은 고시원으로 사용되고 있다. 너무나 가난했고 주변엔 온통 없는 것뿐이었지만, 동무들과 뛰어놀던 그 시절은 행복하게만 느껴진다. 사람의 행복감은 물질적 환경으로만 얻는 것이 아니다. 깨끗하고 맑은 자연환경과 마을사람의 온정, 친구와의 우정이 있었고 굶어도 함께 굶었기에 행복했던 것이 아닐까?

봄에는 버드나무, 뽕나무, 아카시아가 뚝방을 따라 늘어졌고 가을이 되면 좁다란 길까지 고개를 내민 누런 벼들 때문에 뜀박질을 멈추어야 했던 그 시절이 그립기만 하다.

네트 위에서 희망을 꽂다

나는 어렸을 때 별명이 '정 장군'이었다. 또래에 비해 키도 월등히 컸고 몸집도 좋았다. 초등학교 담임 선생님은 내 커다란 덩치를 보고 늘 씨름을 권하셨다. 씨름하면 대구에 가서 도시구경도 하고 좋은 선수가 될 수 있다며 설득했지만, 당시 난 어물어물하고 겁 많은 어린이였다. 씨름을 하면 팔은 물론 손목과 다리도 쑥 빠진다는 말을 듣고 씨름판 근처에도 가지 않았다. 대신 마라톤이나 오래달리기를 좋아했다. 덩치가 컸지만 순발력과 근력도 좋았다. 중학생이 되자 발육이 좋았던 나를 선생님들은 가만히 두지 않았다.

영순 중학교 2학년 때 고재만 선생님께서 우리 학교에 와 배구부를 창단하셨다. 전국체전을 준비하는 정식 배구단이었다. 전교에서 키 크고 근육이 단단한 학생들을 모아 배구 연습을 시켰다. 나는 배구부에 들어가서 본격적인 훈련에 돌입했다. 번지 볼을 사서 집 앞 감나무에 걸고 점프하며 스파이크 연습을 했다. 나는 그때만 해도 공부하라는 소리를 죽으라는 소리로 들었다. 노는 것과 배구연습만 즐거웠다.

달밤에 높이 달린 번지 볼을 때리는 동작을 반복할 때에는 허벅지에 쥐가 나거나 숨이 찼다. 번지 볼을 더 높이 올리면 있는 힘껏 뛰어도 가까스로 닿기만 했다. 하지만 신기하게도 연습을 할수록 점프 실력도 늘었다. 어느새 나는 인근 중학교에서 가장 높이 올라 스파이크를 날리는 선수로 유명해졌다. 포지션도 레프트 윙 스파이커였다. 토스로 공이 올라오면 나는 튀어 올라 몸을 활처럼 젖혔다 내리꽂았다. 이때의 경험은 나에게 '숙달하면 못해낼 것이 없다.'라는 깨달음을 주었다.

중학교 2학년 때 경북 북부지구 중등부 배구대회가 문경 종합고등학교에서 개최되었다. 우리 배구부는 신생구단이었지만 상대 팀을 파죽지세로 몰아붙였다. 나는 팀에서 에이스였고 상대선수 중 누가 블로킹을 해도 두렵지 않았다. 공은 상대 선수의 손가락 위로 날아가거나, 손에 부딪혀 멀리 튕겨나갔다. 우리 배구단은 연전연승하며 결국 결승전까지 올랐다. 내가 날아오를 때마다 관중들의 환호성이 튀어나왔다. 내 이름이 연호될 때 나는 더 크게 뛰어올랐다. 아쉽게도 용궁 중학교에 우승컵을 넘겨줘야 했지만 준우승은 우리 영순 중학교가 차지했다.

나는 이 경기에서 최우수 선수상과 트로피를 받았다. 더 기쁜 일은 문경 종합고등학교 체육 특기(광산과) 장학생으로 선발될 것이라는 소식이었다. 이 뉴스는 KBS 점촌 라디오를 탔고 우리 동네는 흥분의 도가니였다. 할머니는 동네방네 맏손자 자랑을 하러 다니셨고, 부모님도 기쁜 내색을 감추지 못하셨다. 교문 위에는 '축 준우승! 정희수 학생 최우수 선수상 수상!'이라는 플래카드가 걸렸다. 시합의 흥분은 오래 남았다. 경기를 마치고 돌아와 잠자리에 누웠지만 가슴이 두근거려 잠을 이룰 수 없었다.

며칠 후 우리 남녀 배구부 선수들은 모여 말응에 있는 친구 집에 놀러 갔다. (이 친구는 지금 하늘나라에 있다.) 밭에는 청보리가 푸르고, 수평선에는 아지랑이가 뭉글거리는 눈부신 봄이었다. 꽤 먼 길이었지만 남녀가 어울려 걸으니 즐겁기만 했다. 친구 집에서 밤을 보내고 다음 날 아침 우린 낙동강 옆의 높은 산에 올라갔다. 아무리 올라도 끝이 없는 듯했고 땀이 비 오듯 했지만 즐거웠다. 정상에 올라 놀다 보니 산 중턱쯤에 젊은 처녀 두 명이 올라오고 있었다. 나보다 한두 살 어린 딩골 마을 처녀들은 이 먼 곳까지 고사리를 채취하기 위해 온 것이다. 봄에는 이렇게 먹거리를 준비하기 위해 이산 저들을 누비며 나물을 캤다. 나 또한 소먹이를 하러 망태를 메고 인근 산을 많이도 다녔다.

나이 들어 경쟁에 지치고 세상이 각박하게만 느껴질 때면 가만히 앉아 그날의 기억들을 하나둘 불러낸다. 동무들과 조잘대며 강가에 늘어진 버드나무만 보아도 감상에 젖었던 그 시절이 그립기만 하다.

두 갈래 길

지역대회에서 최우수 선수상을 받고 문경 종합고등학교(이후엔 문경 공고로 바뀌었다.)에 진학하는 꿈에 젖어있던 무렵, 황당한 소식이 들렸다. 문경종고에서 올해부터 체육장학생을 선발하지 않기로 했다는 것이다. 당연히 문경종고에 갈 줄 알고 손 놓고 있었던 나는 바빠졌다. 허겁지겁 경북 도내 배구 체육특기생을 받는 학교를 찾아다녔다. 요행히 상주 공업고등학교 토목과에 입학할 수 있었다. 나는 집을 떠나 상주 고모님 댁에서 유학했다.

고등학교에 올라와서도 나는 에이스였다. 오전 수업을

마치면 옆의 남산 중학교 체육관에서 맹훈련했다. 스파이커였기에 내가 없으면 시합이 안 될 정도로 나의 위치는 확고해졌다. 큰 시합에 나가며 나는 유망주로 더 많이 알려졌다.

하지만 나에겐 고민이 있었다. 당시엔 지금처럼 프로배구가 없었다. 대학에 진학해 선수로 뛰고 이후 체육지도자나 교사로 활동하지 않으면 배구선수에겐 미래가 없었다. 나는 대학에 가고 싶었고 그러자면 공부를 해야 했다. 나는 오전 수업만 하고 오후엔 훈련해야 했지만, 훈련시간을 줄여 최대한 수업에 들어가려 했다. 당시 고3 학생들이 주로 보는『진학』이라는 잡지가 있었는데, 표지엔 한국의 대표적인 대학 캠퍼스 전경이 실렸다. 연세대, 경희대, 고려대 등 푸른 잔디밭과 하얀 분수대, 남녀가 둘러앉아 기타 치며 낭만을 만끽하는 그 사진들을 볼 때마다 대학진학에 대한 열망은 더욱 커졌다.

고모님 댁의 내방 맞은편 집에 상주 군청에 다니는 아저씨의 딸이 있었는데 그 아이는 상주여고에 다녔다. 교복을 입고 다녔기에 나는 교모에 달린 '공고 빼지'가 창피하기만 했다. 내가 학교 다닐 때엔 공고는 인문계 종합고등학교에 비해 공부를 못한다는 인식이 있었다. 과거와 달리 지금 상주공고는 상당한 경쟁력의 명문 고교다. 공기업 등 기업취업률도 좋아 학생들이 가고 싶어하는 고등학교 중 하나로 변모했다.

나는 그 여학생을 매일 아침 보면서도 인사조차 건네지 못하는 숙맥이었다. 내 고향엔 100가구나 있었는데도 여자들은 중학교에도 진학하지 못했다. 자식들이 많았던 시절, 여성들은 크면 중학교는 꿈도 못 꾸고, 농사나 방직공장 등으로 내몰렸다. 고향에서 여고생은커녕 여중생조차 보지 못하고 자랐던 나는 상주여고생을 앞에 두고 열등감으로 괴로워만 했다. 체육 특기 장학생이었지만 난 공과금을 내고서라도 교실로 돌아가 수업을 듣겠다고 감독님께 말씀드렸다.

"대학에 가고 싶습니다. 필요한 수업은 들을 수 있도록 해주십시오."

체육 선생님과 코치는 막무가내였다. 내가 빠지면 배구부가 정상적인 경기를 할 수 없었기에 더욱 그랬다. 내가 뜻을 굽히지 않자 코치는 연습 중인 나를 불러 뺨을 후려갈겼다. 얼마나 세게 맞았는지 번쩍, 하며 오른쪽 귀가 찢어질 듯 아파왔다. 코치가 뭐라고 소리쳤지만 부스럭대는 바람 소리만 들렸다. 급히 이비인후과에서 촬영을 하니 고막파열이라 했다. 긴급수술을 했지만 한번 찢어진 고막은 돌아오지 않았다. 고막파열로 나는 살아가며 큰 고생을 했다. 해외 출장을 위해 비행기를 타면 착륙 무렵 대기압으로 귀가 떨어질 정도의 고통이 왔다. 세월이 지난 후에 다행히 마산의 명의(名醫), 김명구 박사님을 만나 수술하게 되었고 비로소 완치될 수 있었다.

선생님의 폭행도 나의 뜻을 꺾지 못했다. 나는 대학 가는 방법을 하나씩 찾았다. 특히 영어수업은 빠지지 않으려 노력했다. 당시 영어를 담당하신 분은 조병택 선생님이셨는데, 이 분은 수업 첫머리에 학생을 지목해 그날 배울 부분을 읽게 하셨다. 하루는 나를 지목하셨는데 체육특기생이었음에도 비교적 또렷하고 부드러운 발음으로 낭독하자 선생님 얼굴이 밝아지셨다. 선생님께서는 나의 정확한 발음과 독해력을 칭찬하셨는데, 이날 들은 칭찬은 내 인생의 중대한 전환점이 되었다. 칭찬은 고래도 춤추게 한다던가? 그날 이래 나는 영어공부에 빠져들었다. 이 시절 품은 영어에 대한 애착이 이후 나의 인생에 얼마나 소중한 기회를 줄지 그때 나는 알지 못했다. 영어공부를 시작하면서부터 노는 것만 좋아했던 나는 점차 영어를 비롯해 인문학에도 빠지게 되었다.

배구로 대학에 가려면 경북대학교 사대부속 고등학교에 입학해야 했다. 나는 감독 선생님께 말씀도 안 드리고 경북대 사대부고를 찾아갔다. 대구에 내려가니 부고 배구선수들이 대구여고 체육관에서 연습을 하고 있었다. 코치선생님을 만나 사정을 이야기하고 전학 문제를 상의 드렸더니 선생님은 말씀하셨다.

"배구는 아무리 몬 해도 된다. 키나 더 키워서 온나."

나는 아무 말도 못 하고 돌아왔다. 상주 하숙방으로 돌아오는 길은 참담했다. 농구, 배구와 같은 고공스포츠는 축구나 야구와는 달리 신장으로 지배하는 운동이다. 아무리 발군의 기술을 가지고 있어도 높이를 제압하지 못하면 이길 수 없는 스포츠다. 신체조건만 좋다면 훈련을 통해 얼마든지 다듬을 수 있는 게 배구였다. 알고는 있었지만 내 키가 문제라니 진로가 벽으로 다가왔다. 스파이크 실력이나 근력은 노력하면 키울 수 있지만, 키를 어떻게 더 키워야 할지 막막하기만 했다. 결국 고3시절, 177cm였던 키는 더 이상 자라지 않았다. 성장판이 닫혔다.

고등학교를 졸업할 때 나는 더 이상 쓸모없는 배구실력과 찢어진 고막, 공고 졸업장을 가지고 있었다. 배구선수의 꿈은 그렇게 접어야 했다. 미래는 불투명했고 어디서부터 다시 시작해야 할지 종잡을 수 없었다.

끌려가신 아버지

고등학교 여름방학 때였을 것이다. 전날 장대비가 하얗게 오더니 날이 개었다. 나는 동생과 소먹이 하러 강가에 나갔는데 홍수로 모래사장에는 검은 드럼통들이 여기저기 쓸려 내려왔다. 드럼통 안에는 검은 것이 가득 차 있었다. 내용물이 무엇인지도 모르고 그저 나와 동생은 저걸 팔면 큰돈을 벌겠다고 생각했다. 당시엔 고철 값이 좋았다. 들기엔 너무 무거워 옆으로 굴리며 한곳에 쌓아놓았다. 지금 생각하면 공사장이 도로포장용 타르가 홍수로 떠내려 왔던 것 같다.

깡통을 옮기다 힘에 부친 우린 밭에서 일하시는 아버지를 모셔와 함께 주웠다. 어지간히 모아 드럼통이 수북해질 무렵 경찰들이 들이닥쳤다. 경찰은 막무가내로 아버지의 멱살을 잡고 내동댕이쳤다. 한 명은 아버지의 머리를 움켜쥐고 또 한 명은 허리춤을 잡아 질질 끌고 갔다. 강을 건너며 아버지가 항변하자 경찰들은 아버지의 머리를 물에 집어넣었다 빼고 다시 넣었다 빼며 끌고 갔다. 순식간에 벌어진 일이었다. 나와 동생은 너무 놀라 아버지를 부르며 따라갔지만 매정한 경찰들은 아버지를 차에 태우고 사라졌다. 지금 생각하면 아마 점유이탈물 횡령미수죄를 적용하려 했던 것 같다. 함창파출소로 끌려가신 아버지는 다행히 무혐의로 풀려나셨지만, 이 사건은 나에게 큰 충격을 주었다.

'권력'에 대해 눈을 뜨게 된 것이다. 늘 엄하신, 하늘같은 가장을 경찰은 짐승 다루듯 끌고 갔다. 법을 집행하는 사람, 경찰은 얼마나 힘이 센 것인가? 세상에서 높은 사람은 결국 법을 집행하는 사람이겠구나 싶었다. 아버지를 잡아간 경찰에 대한 분격심과 힘을 키워 저놈들보다 높은 사람이 되겠다는 오기가 함께 솟구쳤다. 그 시절 일선 경찰의

위세가 일제시대 순사 못지않았으니 내 눈엔 그렇게 보인 것이다.

얼마 후 서점에서 형사소송법과 민사소송법 책을 샀다. 줄을 쳐가며 생소한 법조용어를 익혔다. 그러면서 군 입대와 관련한 진로고민도 자연스레 해결되었다. 해양경찰에 입대해서 말뚝을 박으면 자연스레 직업 경찰이 될 수 있었다.

내가 경찰이 되고자 했던 계기는 이 사건 말고도 또 있었다. 그 시절엔 아직 법(法)이 사람들의 생활 속까지 파고들진 못했다. 속된 말로 법보다 가까운 게 주먹이었고, 사람들은 경찰서에 가는 것조차 무서워했다. 마을에서도 힘 좀 쓰는 사람이 주민 위에 군림했다. 하루는 마을어른이 노름판에서 훈수를 두다 덩치 큰 이웃마을 청년에게 맞아 숨지는 사건이 일어났다. 얼마 후 나는 법원과 재판정의 모습이 보고 싶어 혼자 상주법원에 갔다. 가는 날이 장날이라고, 그 청년이 포승줄에 결박된 채 호송차에서 내리는 모습을 보았다. 죄수들은 10여 명 정도 되었는데 겨울인데도 신발조차 신지 못하고 비닐로만 발을 감싼 채 2열종대로 법원으로 들어갔다.

법정에는 여덟 명의 법관이 높은 판사석에 앉아있었고 그 아래 피고인들은 모두 고개를 숙이고 떨고 있었다. 어떤 이는 농약을 쳤는데 바람에 날린 농약으로 이웃집 누에가 죽어 고소당했고, 또 어떤 이는 절도로 왔다. 무엇보다 폭행 사범이 참 많았다. 한 법관은 지루한 듯 방청객이 보든 말든 졸고 있었다. 저 높은 판사석에 앉은 판사와 그 아래 고개 숙인 채 처벌을 기다리는 피고인 사이의 거리는 하늘과 땅만큼이나 멀어만 보였다. 법을 집행하는 사람이 되어야겠다는 결심은 점차 굳어졌다.

법과 주먹 사이

고교 시절, 나는 배구선수를 할 정도로 체격이 좋았지만 싸움은 해 본 적이 없었다. 요즘은 학교폭력이나 왕따가 큰 문제다. 그러나 당시엔 학교폭력이라는 개념 자체가 없었다. 그저 깡이 있고 싸움만 잘하면 아이들을 갈취하거나 때려도 누구 하나 경찰에 신고할 생각조차 하지 못하던 시절이었다. '남자가 치고받고 싸울 수도 있지.' 하는 문화였다.

난 힘 센 녀석들에게 당하지 않기 위해 합기도와 태권도를 배우고 싶었다. 학교에서 껄렁껄렁한 녀석들이 뭉쳐 다니다 덩치가 좀 있는 학생을 만신창이로 만들어 망신 주는 일이 비일비재했기 때문이다. 상주경찰서 옆의 합기도장에

등록하고 처음으로 도장에 갔다.

덩치가 좋고 날렵해 보이는 나를 보자 도장 코치들은 바로 대학생과 대련을 붙였다. 내가 비록 무술을 배운 것은 아니지만 점프력과 근력만큼은 뛰어난 에이스 배구선수 아닌가? 시작과 동시에 바로 뛰어올라 옆차기로 때려눕혔다. 내가 보아도 좀 심할 정도로 한 순간에 제압하자 체육관 분위기는 얼어붙었다. 이번엔 2:1로 대련을 붙였다. 이번에도 나는 이리저리 날렵하게 피하면서 한 명씩 때려눕혔다. 이를 지켜보던 체육관장의 표정이 어두워졌다. 풋내기 고등학생이 수련을 꽤 거친 관원들을 박살냈으니……. 이번엔 관장이 직접 나섰다. 자신과도 한 번 붙어보자는 것이다. 관장 최○○은 합기도 8단이었다.

관장에겐 상대가 안됐다. 내가 쓰러지자마자 관장은 바로 조르기에 들어갔다. 소리는커녕 숨도 쉬지 못할 지경이었다. 훈련기술이나 단순한 제압이 아니라 사람을 죽일 때 쓰는 동작이었다. 정신이 아득해지고 숨이 넘어갈 무렵 관장은 팔을 풀었다. 얼마 후 정신을 차린 나는 바로 도장을 뛰쳐나왔다. 바로 옆엔 상주경찰서가 있는 대로변이었다. 관장이 손짓하며 나를 불렀다. 도복을 입고 차마 도망을 가진 못하고 다시 돌아오니 관장은 비꼬듯 이렇게 뱉었다.

"죽도(竹刀)로 100대 맞고 그만둘래? 아니면 맞지 않고 체육관 다닐래?"

난 차라리 맞고 그만두겠다고 했다. 내가 무도(武道)를 잘 몰랐지만, 적어도 이 도장엔 의협심이 없다고 판단했다. 난 100대를 고스란히 맞았다. 얼마나 아팠는지 맞으며 수없이 비명을 질렀고 관장은 그럴 때마다 더 가혹하게 매질을 했다. 왜 맞아야 하는지 몰랐지만 그저 당시 체육관 문화가 살벌하다고만 생각했다. 관장은 자신의 수련생 세 명이 무참히 깨진 것을 복수라도 하듯 100대를 살뜰하게 때렸다.

체육관에서 돌아온 나는 제대로 걸을 수조차 없었다. 피멍이 든 허벅지에선 피와 고름이 새어 나왔다. 분하고 억울했다. 아버지가 강물에 치도곤을 당하며 끌려가던 모습이 겹쳐졌다. 둘 다 비루한 폭력이다. 공권력이 사적인 폭력으로 둔갑하기도 하고, 자신을 단련하고 약자를 보호해야 할 무술이 시정잡배의 주먹처럼 쓰이기도 한다. 내가 법을 공부해 높은 사람이 되어야 한다는 생각은 더욱 굳건해졌다. 따지자면 형사소송법은 국가의 형벌권 행사를 엄격하게 규율해 공익유지와 개인의 인권을 보장하기 위한 법이다. 의심스러울 때는 '피고인의 이익을 우선 고려' 하라는 취지나, 증거가 없는 자백만으론 혐의입증을 하지 못하게 만든 형사소송법의 취지 자체가 근대적 '정의'를 추구하는 것이다.

나는 고등학교 졸업 후 바로 해양경찰 시험에 응시했다. 높은 성적으로 훈련소를 졸업한 후 부산 해양경찰대 본부로 배치 받았다. 그때나 지금이나 본부에 근무하기 위해선 뛰어난 성적과 적응력이 있어야 하는데 난 훈련소에서 좋은 실력을 발휘했다. 본부에 근무하며 더욱 본격적으로 법 공부에 몰두했고, 경찰 간부 임용시험을 준비했다. 나중 경찰간부의 생활을 구체적으로 알게 되었는데 그들은 비상이 걸리면 명절도, 애경사 참석도 못하고 근무를 했다. 개인시간과 자유가 없었다. 결국 나는 경찰이 되려는 꿈을 접었다. 나는 전역했지만 동기생들은 남아 경찰 고위간부를 역임하고 지금은 하나둘 퇴직을 하고 있다.

얼마 전 2017년도 제6회 변호사시험에서 바로 밑 동생 철수의 장남, 차남이 모두 변호사 시험에 합격했다. 조카 둘이 한꺼번에 법조인이 된다니 내 꿈이 대신 실현된 것만 같았다. 5월 13일 부모님 팔순 잔치를 앞두고 생긴 일이라 더욱 반갑다. 나는 비록 법조인이 되진 않았지만 아마 고교시절 품은 경찰에 대한 꿈은 '정의에 대한 목마름'이 아니었나 싶다. 경찰이나 군인 공무원은 봉급도 매우 적지만 자유도 없다. 취객들이 파출소에서 난동을 부리고 젊은 청년들이 경찰을 조롱하며 폭행했다는 뉴스를 접할 때마다 가슴이 답답하다. 위급환자를 실은 119구급차가 가는 길에 끼어들어 접촉사고를 내고도 구급차를 막고 보험사 직원을 기다렸다는 뉴스를 보면 울화통이 터진다. 나라와 사회를 지키는 이들에 대한 존경심이 아쉽기만 하다. 공익을 위해 헌신하는 이들을 시민이 존중하고 지켜주지 않으면 그 피해는 결국 시민에게 고스란히 돌아간다. 한 국가의 문화수준은 국민이 규정한다는 말도 있지 않은가?

책 향기에 취해

앞서 말했지만 나는 공부보다는 노는 것, 특히 배구에 빠져 청소년기를 보냈다. 나보다 열 살 위인 작은 아버지께선 가끔 내 머리를 쥐어박으며 "이놈아, 공부 좀 해라! 공부." 하셨다. 이랬던 내가 지금은 수천 권의 장서를 소유하고 연간 60여 권의 책을 읽으며 영어와 일어를 자유자재로 구사하는 CEO가 되었다. 뒤늦게 공부에 뛰어들었지만 늦었다고 포기하지 않았던 것이 지금의 나를 만들었다고 생각한다. 이사할 때마다 아내가 집도 좁은데 책 좀 버리라고 해서 다투는 경우가 많았다. 그래도 책은 포기할 수 없었다.

고향 앞집에 나보다 세 살 많은 형님이 계셨는데 내가 고등학교 토목과를 다닐 때 그 형님은 지방 명문대학교 화공과를 다녔다. 내가 고등학교를 졸업하자 형님은 방학이면 고향에 와서 두꺼운 영어 원서를 읽으며 공부했는데 그 모습이 부러워 견딜 수가 없었다. 자취방에 돌아와 취업이력서를 쓰다 내 자신이 한심스러워 멍하니 천장을 보았던 기억이 난다. 우리 마을의 형님 한 분은 공부방에 칼을 꼽아두고 서울의 일류대학교에 가기 위해 공부를 했는데 결국 서울의 명문 공대에 입학해 마을을 떠들썩하게 만들었다. 이런 소식을 들을 때마다 지독한 열등감과 부러움으로 미칠 것 같았다.

고교시절 토목수업을 담당했던 지홍기 선생님은 매우 인자하고 지적인 분이셨다. 수업시간에도 두꺼운 원서를 가지고 오셨고 암기시키는 방식이 아니라 한없이 넓은 지식을 전수해주기 위해 노력하셨다. 선생님의 말씀엔 풍부한 임상경험이 녹아있었다. 토목공학이 어려운 내용이었지만 학생들이 흥미롭게 받아들일 수 있었던 이유는 선생님의 풍부한 지식 때문이었다.

우연한 기회에 지홍기 선생님의 댁에 갈 기회가 있었다. 선생님은 홀로 자취를 하고 계셨는데 큰 방을 수천 권의 장서가 에워싸고 있었다. 선생님의 지혜와 자상함은 모두 그곳에서 나온 듯싶었다. 형언할 수 없는 그 무언가에 압도당한 느낌이었다. 선생님은 영어원서를 읽고 지식을 전수하며 탁마(琢磨)하는 사람이었다. 나와는 다른 삶이었다. 공부와 책은 담쌓고 살았던 내가 '책'을 읽어야겠다고 결심한 날이다.

그날 이후 나는 상주 시내의 헌책방에서 영어책과 각종 서적을 사 읽기 시작했다. 어느 책 하나 손때 묻히지 않은 건 없었다. 시간이 흐르니 제법 내 방에도 책이 쌓이기 시작했고 뿌듯했다.

졸업 후 입대한 부산 해경본부 시절, 비번 날에는 용두산 공원 옆에 있는 미문화원에 가서 영어 관련 책을 보며 종일 틀어박혔다. 신문에 소개되거나 사람들이 말하는 좋은 책은 급여를 털어서라도 사서 봐야 직성이 풀렸다. 그때 해경은 일반 육군보다 급료도 높았고 보너스도 받았다.

지홍기 선생님은 결국 영남대학교 지질학과 교수로 채용되어 후학을 양성하시다 동 대학 부총장을 역임하셨다. 지금은 퇴임하고 문경에서 약초 재배에 흠뻑 빠져 계시다고 들었다. 공고의 토목과 교사로 시작하셨지만 결국 꾸준히 공부하셨던 선생님은 박사를 거쳐 교수, 부총장까지 역임하셨다.

많은 이들이 입시제도와 학벌주의의 영향으로 공부는 진학이나 취업, 직무능력을 위해 해야 한다고 생각한다. 이는 지극히 현실적인 관점이다. 10년 전 서울대를 비롯한 국립대학교에서 세계 유수의 석학을 교수로 초빙해 학생을 가르친 적이 있다. 그런데 지금 이 교수들 상당수는 한국의 대학문화에 진저리를 내며 다시 본국으로 돌아갔다. 그 이유를 물었더니 뼈아픈 대답이 돌아왔다. 한국의 교수들은 연구를 하지 않는다는 것이다. 10년 전 자신이 외국에서 박사학위를 딸 때 공부한 것을 10년 후 돌아와 학생들에게 가르치는데 그 학문은 세계적 조류로 보면 이미 퇴조한 구식 이론임에도 한국의 대학교수들은 고장 난 레코드판처럼 이를 반복한다고 지적했다. 오히려 한국의 교수들은 소위 '라인'에 따라 정치적 줄을 서며 경쟁하는 데 더욱 능숙하며 심지어 자기 제자의 논문을 훔쳐 쓰고 자신을 저자 이름에 올리는 문화를 보고 충격을 받았다고 한다. 공부가 진학이나 학위의 수단으로만 전락하는 순간 그 사회는 도태된다.

책, 도서관은 그야말로 인류 지혜의 보고이다. 이 '지성'은 인류가 어느 방향으로 가야 할지, 어떻게 살아야 할지를 일러주는 시금석이기도 하다. 책 읽기는 저자의 지식과 체험을 가장 짧은 시간에 적은 노력으로 흡수할 수 있는 유일한 길이다. 집중력과 독해력은 책 읽기가 주는 선물이다. 학습하는 인간은 도태되지 않는다. 육신이 노쇠해져도 정신력은 오히려 강해지며, 지혜는 능히 다음 세대를 이끌 원천이 된다. 나를 끊임없이 움직이게 하고 사색하게 하며, 새로운 도전을 거침없이 하게 만드는 힘 역시 '책'이다. 보통 사람들은 책을 읽으며 그 저자를 단순히 '대단하다', '훌륭하다'고만 생각하고 이를 자신의 생활에 적용하진 않는다. 그 저자가 그렇게 성장한 이유는 특별한 재능이나 좋은 환경이 주어져서라고 생각하기 때문이다. 하지만 나는 책 읽기를 거듭할수록 저자가 할 수 있다면 나도 그리 할 수 있다는 용기를 얻었다.

이제 나의 거제도 집에는 수천 권의 장서가 쌓였다. 청년 시절 모아두었던 책은 고향 집에서 땔감으로 쓰거나 박스째로 버려 흔적을 찾을 수 없는 것이 안타깝기만 하다. 나는 남의 집에 초대받으면 집의 평수, 고가의 가전제품, 인테리어는 조금도 눈여겨보지 않는다. 다만 보유한 장서를 본다. 이 사람이 끊임없이 공부하고 변하려는 사람인지 아닌지를 알게 된다. 두꺼운 양장본이 많다고 좋은 건 아니다. 손때 묻은 책과 언제든 책을 볼 수 있는 가정환경인지가 중요하다. 지금도 나는 틈만 나면 책을 보고, 책에서 얻은 교훈과 결심을 일기에 기록한다. 작심삼일이라는 말도 있지만, 결심도 매일하면 일신우일신(日新又日新)이다. 우공이산(愚公移山)이라고, 어리석은 노인이 매일 흙을 날라 결국 거대한 산을 옮겼다는 말이 있다. 결국 우직한 반복과 끊임없는 학습이 거대한 변혁을 가져온다는 진리다.

매일 책 읽기를 하며 변모한 나의 모습을 확인한다. 젊은 세대에게도 나의 습관을 권하고 싶다. 젊은이들이여, 책을 가까이하고 읽으라. 인류의 지혜와 철학, 기술과 경험을 받아들여 내면에 축적하면 결국 시대는 그대를 귀하게 쓸 것이다. 당장 필요 없는 것이라고 학습을 게을리 하면 급변하는 시대 또한 당신을 비껴간다. 20년 전 누가 인문학의 열풍을 예견했으며, 논술이 대학입시에 반영될 것을 알았는가? 돈 안 되는 학문이었던 인문학을 애플의 창업자 스티브 잡스가 추앙하리라고 생각했는가? 4차 산업혁명은 또 어떠한가? 앞으로 인류의 미래는 지혜가 기술을 요구하고, 기술이 이에 화답하는 시대다.

실용적 쓰임새만 있는 건 아니다. 책을 많이 읽는 것은 다독이라 하고, 생각이 넓어지는 것을 다상량(多商量)이라 한다. 책을 많이 읽으면 불가능하다는 생각을 접게 된다. 항상 긍정적인 생각에 자신을 추동하는 힘을 얻게 된다.

열등감이 준 선물

나는 좋은 대학을 나오지도, 유학을 다녀오지도 못했지만 영어와 일어를 자유롭게 구사하며 기업경영을 하고 있다. 삼성중공업 시절 인천 영종대교 현수교 구간 공사를 한 적 있었는데 이때 나는 일본의 조다이 감리회사 직원들과 일어로 직접 소통하며 작업지시하고 감독할 정도의 실력을 갖췄다.

나의 성장 동력은 역설적이게도 나에 대한 자존감이나 자부심이 아닌 그 반대의 성질인 열등감과 결핍, 부끄러움이었다. 심리학자들은 자존감과 열등감이 동전의 양면과 같다고 하지만, 청년 시절 나는 그저 못 배운 '공돌이'로 취급받았을 뿐이다.

35개월 해경 생활을 마치고 자동차회사 치공구부에 입사해 일했다. 나는 첫 월급 명세서를 받는 순간 명세서를 찢어버렸다. 어떤 방식으로 계산해도 나의 땀에 대한 대가가 형편없이 저평가되어 있었다. 시급 425원, 대략 월급 77,000원이었다. 입에 풀칠하기도 어려운 임금이었다. 이것이 당시 공단지역 현장노동자가 받는 보편적인 처우였다. 돈을 아끼기 위해 동료 네 명과 회사 인근에 달세방을 구해 살았다. 연탄 값을 아끼기 위해 새벽에 연탄이 꺼질 줄 알면서 일부러 갈지 않고 그냥 자기도 했다.

어느 날 잠결에 소변이 마려워 방에서 나오자마자 그대로 쓰러지면서 옆집 셋방 아주머니의 장독을 깨버렸다. 와장창하는 소리에 주인 내외가 나왔는데 나는 일어설 수 없었다. 연탄가스에 중독된 것이다. 집주인이 방문을 열고 환기하며 한 명씩 동료들을 깨웠다. 나는 평소 새벽이라도 소변이 마려우면 참지 않고 일어나 화장실을 가는 습관이 있었는데, 이 습관이 나와 동료를 살린 것이다. 당시에도 순진하기만 했던 나는 연탄가스가 새는 방을 내준 주인을 원망하기보다 깨진 장독을 보며 안절부절 못했다. 아주머니는 젊은이가 살아난 게 천행이라며 나를 안심시켰다.

나는 매일 아침 일찍 라면을 끓여 먹고 영어강좌를 들었고 밤이면 독서실에 틀어박혀 어학 공부를 했다. 치공구부는 공구 등의 기계를 깎는 작업을 한다. 당시 대형 자동차 회사를 견학하기 위해 학생과 외국인 관광객이 많이 왔다. 내가 작업하는 모습을 그들은 견학했다. 추운 어느 날 설계 도면을 확인하러 사무실에 들렀던 나는 확연히 느낄 수 있었다. 현장직과 사무직의 차이를. 그들은 따뜻한 난로가 있는 사무실에서 조용히 회의를 하며 때로 졸린 표정으로 오후를 보내고 있었다. 현장은 늘 추위에 떨며 일하다 실수하면 고참의 스패너가 날아왔다. 공부를 더 해서 반드시 설계 사무직이 되겠다고 결심한 계기이기도 했다.

밤마다 마른 빵을 씹으며 공부하느라 코피를 쏟았지만 성적은 좀처럼 올라가지 않았다. 늦게 시작한 공부라 요령을 전혀 알지 못했다. 욕심이 많아 영어를 하다 일어를 하는 등 체계가 없었다. 이런 식으로 공부하니 성과가 날 리 없었다. 대형 자동차 치공구부에서 1년, 사무실 공정관리를 1년 남짓하다 나는 회사를 그만두었다. 설계를 전공하지 않았기에 모든 업무가 어렵게 다가왔다. 영어는 일정한 수준에 올라섰지만 일본어는 아직 기초단계였다. 기계설계영역은 용어부터 배워야 했다. 나는 이후 부산의 잡지사에 취직했다가 다시 대학에 들어가 본격적으로 공부했다.

앞이 잘 보이지 않던 시절에도 나는 시간을 아껴가며 공부했다. 배구선수 출신이었기에 공부 말고는 내 인생의 출로가 없었다. 절박함, 열등감. 이 두 가지 단어가 내 청춘을 지배했다. 하지만 꾸준히 쌓아온 영어실력과 설계기술은 결국 삼성중공업 특채라는 빛을 발하게 된다.

요즘 학부모들 사이에서 유행하는 말이 있다. 자식을 일류대학에 보내는 세 가지 조건이 있는데, 바로 할아버지의 경제력, 엄마의 정보력, 그리고 아빠의 무관심이란다. 사교육 경쟁이 치열해 옛날같이 아빠의 경제력만으로는 엄두 못 내고, 유학을 보내려면 더더욱 할아버지의 경제력이 필요하다는 말이다. 더구나 아빠의 수입 중 일부가 부모님 부양으로 들어가면 아이들 사교육비 지출이 위축된다. 입시제도가 늘 가변적이기에 엄마는 3년 뒤를 내다보며 학원과 선생, 선발제도에 대한 정보력을 가져야 한다. 그렇다면 아빠의 무관심은 뭘까? 아빠는 '인성이니 행복은 성적순이 아니다.'라는 철없는(?) 소리 말고 엄마가 하자는 대로 자녀 훈육을 따라만 가라는 뜻이란다. 서울 강남 엄마들의 열풍 때문일까? 어떤 학생들은 자신의 성적이 뒤처지는 이유를 아빠의 경제력이나 엄마의 사교육비 투자에서 찾기도 한다고 하니 '학교는 죽었다'는 말이 헛말이 아니다.

나는 공부에 대한 동기를 '절박함'과 '열등감'에서 얻었다. 배우지 못한 자에 대한 처우와 배운 사람에 대한 열등감이 나를 움직였다. 자식에게 공부하라는 말을 반복해도 아이가 학습에 취미를 붙이지 못하고 공부하는 습관이 없다면 그저 잔소리로 전락한다. 지금은 대학진학률이 95%에 달하고 9급 공무원 시험 경쟁률이 405:1이라니, 대학 진학은 그저 취업을 위한 1라운드에 지나지 않는다고 한다.

중요한 것은 동기와 미래에 대한 목표다. 미래 사회에선 시험성적만으로 인정받지 못한다. 남들과 똑같이 일률적인 공부만 해서는 밥벌이는 더욱 어려워진다. 기업은 답을 잘 찾는 젊은이는 많지만 시장의 잠재력을 보고 새로운 것을 만들 줄 아는 메이커(maker)는 드물다고 아우성이다. 인류에게 필요한 것을 찾아 창의적 사고를 하는 젊은이 말이다. 남들이 뛴다고 모두 똑같이 뛰기만 해서는 격변하는 시대, 절벽 같은 현실만을 마주하게 된다. '절박한 꿈'이 있느냐가 여전히 성취의 동력이다. 남만큼 해서는 남 이상 될 수 없다는 누군가의 명언이 뇌리를 스쳐 소태같이 쓰다.

얼마 전 '걱정거리'를 공유하는 한 TV 프로그램은 농사일에 푹 빠진 중학교 2학년 학생을 소개했다. 이 학생은 농사가 자신에게 딱 맞는다며 트랙터 운전은 물론, 웬만한 농작물 경작은 척척하며 양계로 돈을 모아 새로운 농업 장비를 사는 맛에 흠뻑 빠져있었다. 엄마는 아이의 장래가 걱정된다고 한다. 아이가 농사보다는 공부를 더 열심히 해 미래에 보다 넓은 선택지를 얻었으면 한다는 엄마. 나는 TV를 보다가 무릎을 쳤다.

요즘 청소년의 최대 고민은 자신이 무엇을 하고 싶은지조차 모르는 것이라 하는데 이 학생은 분명한 꿈을 가지고 있었다. 더 눈여겨보았던 것은 꿈을 단순한 공상(空想)으로 끝내지 않는 실천력이다. 학생은 영농기술을 배워 훌륭한 농사꾼이 되겠다고 한다. 나는 미래엔 지금의 엄마가 생각하는 선택지보다, 이 학생이 꿈꾸는 선택지가 더 많고 밝을 것이라 생각한다. 지금은 농업이 천대받고 있지만 누구도, 그 어떤 나라도 먹거리 없인 살 수 없다. 얼마 전 AI(유행성조류독감)으로 달걀이 금값으로 치솟았다. 대만과 미국에서 달걀을 공수해 오는 등 난리를 쳤다. 분식집에선 라면에 계란을 못 넣어 미안하다는 사과문을 붙였고, 빵집에선 계란이 많이 들어가는 품목을 없앴다. 그런데 만약 문제가 된 것이 달걀이 아니라 쌀이었다면? 밀이었다면? 미래엔 거의 모든 나라가 종자와 채소, 가축을 안보 물자로 분류하며 농업을 국가 전략사업으로 삼을 것이다. 이미 OECD 대부분의 나라가 그렇게 하고 있다.

열등감과 결핍이 나를 성장시켰다. 하지만 예나 지금이나 열등감은 '꿈'이 있어야 동력으로 작용한다. 꿈이 없는 열등감은 자기비하로 시작해 자기부정으로 끝난다.

판촉영업의 교훈

자동차 회사에서 나온 나는 1981년 잡지사에 잠시 몸을 담았다. '영어능력자 우대'라는 구인광고를 보고 지원했다. 당시 그 잡지회사는 외국출판사 한국지사였는데 당시엔 꽤 명성이 있었다. 그 출판사에서 낸 양장본이 지금도 고가에 거래된다. 책에 실린 사진이나 자료가 저작권 등의 독보적 가치가 있었기 때문이다.

면접에 합격한 나는 출근하라는 통보를 받았다. 울산에서 이사해 부산 부곡동에 자취방을 구했다. 회사는 부산진역에 있었다. 나는 영어로 된 회사 이름에 홀려 번역이나 언론 관련 일을 하는 줄 알고 흥분했다. 그러나 입사 첫날 설렘은 당혹감으로 바뀌었다. 신입사원 앞에 선 교육자는 20~30만 원을 호가하는 책의 판매 전략만을 늘어놓았다. 될 수 있으면 부잣집을 목표로 하고, 우선 거실에 발을 들여놓으면 절반이 성공이며, 거실의 인테리어나 고가의 장식을 추켜세워 고가에 대한 심리적 장벽을 허물라는 등, 이런 식이었다. 신입사원 대부분이 속았다며 돌아갔지만 나와 몇 명은 남아 끝까지 교육을 받았다. 나는 어차피 부산의 동명 대학교 입학을 앞두고 있었기 때문에 사회 경험 차 시도해 보기로 한 것이다.

처음에는 군대 동기나 선배들을 찾아가 몇 건의 계약을 맺었다. 보험상품이 그렇듯 동기나 선배들도 내 얼굴을 봐서 선뜻 거액의 상품을 구매했다. 하지만 책을 산 친구조차도 집에 돌아가 부모나 아내에게 면박을 당한 후 계약해지를 했다. 결코 쉬운 일이 아니었다. 부잣집 양옥 앞에서 초인종을 누르면 문전박대당하기 일쑤였다. 설사 거실에 발을 들여놓는다 해도 20~30만 원이나 하는 전집을 선뜻 구매하는 가정은 거의 없었다. 당시 버스요금이 70원이었는데 동네를 옮기며 영업하느라 늘 토큰(예전에 버스 요금으로 내던 동전 모양의 승차권)이 부족했다. 자비로 교통비를 충당했기에 밥을 자주 굶었다.

당시 나는 양복이 한 벌밖에 없었는데 회사 규정은 늘 정장착용이었기에 세탁도 못하고 같은 양복만 입고 다녔다. 꼬질해져 소매가 번들거리는 양복을 볼 때마다 정말 창피했다. 다 포기하고 농사나 지으러 고향으로 돌아갈 생각도 많이 했다. 자취방인 부곡동과 부산진역은 꽤 멀었다. 책을 팔지 못하고 토큰만 축내고 밥을 거른 저녁이면 앉을 자리조차 없는 버스 손잡이에 매달려 흔들리기만 했다.

애초 이 일은 책에 대한 수요가 있어서라기보다, 판매자의 인맥을 활용해 파는 단발성 영업이었다. 초기 몇 달 팔다 인맥이 바닥나면 영업사원 대부분이 그만두었다. 회사는 끊임없이 새로운 영업사원의 인맥을 이용해 책을 팔았다. 회사로서는 절대로 적자날 수 없는 구조였고, 반대로 영업사원에게는 그 끝이 분명한, 자신의 가족, 친구 관계를 소진하면 퇴사할 수밖에 없었다.

어느 날 영업을 뛰던 동료가 급히 돈 10만 원을 빌려주면 바로 갚겠다며 사정했다. 마침, 내 수중에 딱 돈 10만 원이 있었다. 아무 생각 없이 빌려주었는데 이것이 화근이었다. 당시에는 자동차회사 현장직 초봉이 7만 7천 원이었으니 이 돈은 나에겐 거금이었다. 그런데 이 친구는 시일이 지나도 나를 피하기만 할 뿐 갚지 않았다. 오히려 독촉하는 나에게 화를 내곤 했다. 아무런 증빙자료도 없이 잘 알지도 모르는 이에게 돈을 빌려주면 이렇게 갑을관계가 뒤바뀌는 황당한 일을 당하게 된다.

나는 영업을 할 수 있는 인맥이 바닥나자 그간의 판매수당 17만 원을 받고 일을 그만두었다. 빌려준 돈 10만 원을 제하면 딱 7만 원을 번 셈이다. 수십만 원 정도의 책을 팔아 17만 원을 받았는데, 방값과 교통비, 식대를 계산하니 그저 참담하기만 했다. 돈을 빌려 간 사람에겐 집요하게 달라붙어 멱살잡이까지 해 끝내 돈을 받았다. 난 순진했지만 완전 바보는 아니었다. 아버지께서 어릴 적부터 어떤 일이 있어도 사람을 때리지 말고 차라리 맞아라, 배가 아무리 고파도 물건을 훔치지 말라고 누누이 훈계했기에 나는 어떤 경우에도 폭력을 쓰진 않았다.

나는 분명한 교훈을 얻었다. 돈의 귀중함과 안정적인 직업의 소중함, 무엇보다 채무관계의 엄정함에 관한 것이다. 비록 한 달 남짓의 짧은 경험이었지만, 이 경험은 나에게 녹록치 않은 현실을 발판 삼아 앞으로 나아가라고 재촉했다.

숙맥의 참사랑

지금은 사회생활을 하며 성격이 외향적으로 바뀌었지만 청년 시절 나는 내성적이었다. 중 · 고등학교 시절에도 여성을 사귀어 본 적이 없다. 이성에 대한 도전이라곤 고등학교 수학여행 길에서 기차가 간이역에 멈추었을 때 창밖으로 주소가 적힌 쪽지를 여고생 무리에게 던진 것이 전부다. 그때 운 좋게 한 여학생과 편지를 주고받았다. 한마디로 숙맥이었다. 숙맥은 요즘엔 낯가림이 심하고 순진해 이성을 모르는 사람을 뜻한다. 보통 된소리로 '쑥맥'이라 발음한다. 원래 어원은 숙맥불변(菽麥不辨)으로 콩인지 보리인지도 분간 못 하는 어리숙한 사람을 칭하는 말에서 나왔다.

숙맥인 나도 여성에 대한 나름의 관점이 있었다. 아버지는 강 건넛마을 처자와 결혼을 했는데, 나는 고향이 아닌 도회지의 이성과 사귀길 원했다. 할머니는 틈만 나면 나에게 오직 한 명의 여성과만 교제할 것을 주입하셨다. 여성을 사귀다 버리면 틀림없이 벌 받는다고 번번이 겁을 주셨다. 참한 여성이면 사귀되, 지고지순하게 순정을 지켜 죽을 때까지 정절을 지키는 남성이 되라고 하셨다. 나는 할머니 말씀에 찬동했을 뿐 아니라, 내심으로도 그렇게 생각하고 있었다. 나는 장남, 맏손자였기에 연애를 한때의 불장난으로 여기는 남자들과는 가치관이 달랐다.

부산의 잡지회사를 나와 나는 부산의 동명대학교 기계설계과에 입학했다. 원하는 현장기술을 다 배울 수 없었기에 기계설계책을 사서 독학도 했다. 공부하면서 자주 떠오르는 여성이 있었다. 목소리가 고왔던 전 직장 내근직원이었다. 잡지사에서 일할 때 사무실에는 두 명의 여직원이 있었는데 둘 다 내가 좋아하는 생머리를 하고 있었다. 그중 나이 어린 여직원은 목소리가 예쁘고 행동거지 또한 참했다.

5월 대학축제를 앞두고 우리 과의 동기생들은 여자 친구를 서로 만들어서라도 데려오기로 약속했다. 기계설계과였기에 동기생은 모두 남자였다. 축제를 일주일 남기고 나는 용기를 냈다. 심호흡을 몇 번이나 한 후 전 직장에 전화했다. 불행히도 나이 많은 여직원이 전화를 받았다.

"저, 일전 회사에 다니던 정희수 사원입니다. 저기 혹시 옆자리 여직원분 좀 바꿔줄 수 있겠습니까?"

전화를 받은 여직원은 알 만하다는 듯 웃음기 머금은 목소리로 답했다.

"아~, ㅇㅇ씨요. 근데 어쩌지요? 지금 화장실 갔습니다."

난 다시 전화하겠다며 수화기를 내려놓았다. 그 여성의 이름을 그때 처음 알았다. 당시엔 여성사원을 미스 김, 미스 박 이렇게 부르는 게 관행이었다. 또 하루하루 사는 게 힘들기도 했고 짧은 기간 회사에 다녔기에 그 여성의 이름조차 모른 채 회사에 다녔다. 어디서 그런 용기가 났을까? 난 다시 전화를 걸었다. 다행히 목소리 고운 여성이 받았다. 막상 고운 목소리가 수화기에서 들려오자 난 무슨 말부터 해야 할지 멍해졌다. 잠시 후 정신을 차려 나와 함께 축제에 가지 않겠냐고 물었다. 노골적인 데이트 신청이었다. 잠시 침묵이 흘렀다. 전화하기 전, 나는 만일 그 여성에게 남자친구가 있다거나, 제안을 거절당하는 암담한 상황을 가정했다. 다행히 여성은 이내 수락했다. 숙맥이 마침내 일을 냈다. 나도 용기를 냈지만 아가씨도 단박에 수락했으니 대단한 인연이다.

축제에 온 그녀는 아름다웠다. 우린 이야기를 나누며 금방 가까워졌다. 그녀는 생각했던 것보다 더 선한 사람이었다. 행동은 순박하되 말에는 기품이 있었다. 그녀도 내가 마음에 들었나보다. 이후의 데이트 신청에도 선뜻 응했다. 우린 연인이 되었고 부산에 살며 손 편지를 교환했다. 가끔 그녀는 퇴근길에 고등어를 사 들고 나의 문현동 자취방에 와 저녁을 차렸다. 김치와 고등어에 그녀의 향기가 배어들어 늘 행복한 만찬이었다. 대학생활 내내 그녀가 함께 있어 주었다.

나는 그녀를 꽉 잡았고, 그녀는 지금도 내 곁에 있다. 결국, 용기를 내서 전화한 두 번째의 도전이 우리를 부부로 만들었다. 그 짧은 순간의 심호흡과 용기가 없었다면 우린 만나지 못했을 것이다. 찰나의 순간이 부부의 연을 만들었다.

불교에선 부부의 인연을 7천겁에 한 번 만나는 인연이라고 한다. 한 겁은 천 년에 한 방울 떨어지는 물방울로 바위에 구멍을 내는 데 걸리는 시간이다. 혹은 백 년에 한 번 내려온 선녀의 치맛자락에 큰 너럭바위가 닳아 사라지는 시간이라고도 한다. '찰나'는 현대식으로 계산하면 75분의 1초(약 0.013초)에 해당한다. 불교에선 이 0.013초, 찰나에 삼라만상이 생성하기도 하고 소멸하기도 한다고 믿는다. 찰나의 순간이 맺은 7천겁의 인연이랄까? 고생스러웠던 그 잡지사와의 인연이 나에게 일생의 축복을 준 셈이다.

남성은 자신의 연인에게 자신이 첫사랑이길 바란다고 한다. 그러나 여성은 남성에게 자신이 마지막 사랑이길 바란다고 한다. 우리 둘의 사랑은 어쨌든 '끝사랑'이 되었다. 언젠가 아내에게 농으로 처녀 시절 나 말고 혹 다른 남성을 사랑한 적이 있는지 물었다. 아내는 단호하게 말했다.

“그걸 여태 몰라요? 당신이 첫사랑이자 마지막이요!”

진실은 모를 일이지만 이럴 때 아내의 대처는 정말 현명하다. (고운 목소리에 참한 아내 정도면 처녀 시절 쫓아다닌 남자가 있었을 것인데……. 하하하!) 결혼생활 내내 아내를 만난 것에 감사하고 행복해했다. 금혼식(결혼 50주년 예식) 때 금반지를 나눌 날도 머지않았다.

아버지께 내민 7천 원

대학을 마친 나는 거제도의 삼성중공업(당시엔 삼성조선이었다.)의 경력특채사원 모집시험에 합격했다. 무엇보다 영어를 자연스럽게 할 수 있다는 점에서 큰 가산점을 받았다. 1982년 11월 8일이 내 첫 출근날이었다. 당시 삼성조선은 거제조선소에 제1도크를 완성하고 한창 제2도크를 만들고 있었다. 삼성이 국제적 해양조선 기업으로 성장하기 위해 안간힘을 쓸 때다.

입사 2년 차 되는 어느 날이었다. 저녁을 먹고 숙소에서 쉬고 있는데 경비초소 보안요원이 방문을 두드렸다. 고향 문경에서 부친이 찾아와 후문에서 기다리신다고 했다. 나는 집에 무슨 큰일이 생겼나 걱정하며 체육복 차림 그대로 뛰어나갔다. 당시 문경에서 여기, 거제까지 오려면 새벽에 출발해 기차를 타고 내려, 버스를 6번이나 갈아타야 올 수 있었다.

아버지는 별 말씀이 없으셨다. 회사에서 시내까지 가려면 한 시간에 한 번 오는 버스를 기다려야 했는데 긴 시간 서먹한 침묵이 흘렀다. 아버지를 모시고 허름한 식당에서 저녁을 먹고 근처 여인숙으로 가서 아버님께 맥주를 따라드렸다. 자초지종을 여쭈었다. 그런데 아버지가 허겁지겁 오신 이유가 가슴 아팠다. 장남이 국내 최고 기업인 삼성에 입사했으면 당연히 부모에게 용돈을 보내야 하는데 시간이 지나도 소식이 없어 기다리시다, 울화가 치밀어 소로 밭을 갈다 집어 던지고 내려오셨다고 하셨다. 뭐라고 드릴 말씀이 없었다.

삼성이라곤 하지만 당시 내 급료가 25만 원 정도였다. 아버지는 국내 굴지 기업인 삼성조선에 채용되었으니 월급을 많이 받았을 것으로 생각하셨다. 물론 먹을 것 아끼고 더 절약하면 부모님께 용돈을 보내드릴 수도 있었지만 당시엔 한 달 생활을 꾸리면 얼마 남지 않은 돈으로 저축하기에도 바빴다. 결혼도 해야 했고 동생들 학자금도 준비해야 했다. 그때 내 호주머니엔 생활비 7천 원밖에 없었는데 아버지께 모두 드렸다. 당장 내일 생활비가 걱정되었지만 여기까지 오신 아버지를 빈손으로 보낼 수가 없었다. 다음 날 아버지를 배웅하는데 아버지의 등이 그렇게 초라해 보일 수가 없었다. 아버지께 드린 '못난 7천 원'에 마음이 따끔따끔 아파왔다.

2년 후 아버지는 나의 신혼집인 삼성사원아파트에 다시 오셨다. 집 뒤 밭이 700평 정도 나왔는데 밭을 살 돈을 달라고 하셨다. 지금까지 저축한 모든 돈 250만 원을 드렸다. 아버님께 돈을 내어드리고 나니 마음만은 편했다. 아마 2년 전 거제터미널에서 장남이 건넨 7천 원을 받고 올라가시는 아버님의 뒷모습이 자꾸만 아려와서였을까? 가진 돈을 모두를 드리고 나니 전셋집 마련의 꿈은 더욱 멀어졌다. 집주인이 보증금을 올릴 때마다 나와 아내는 바퀴벌레가 나오는 좁은 월세방을 전전해야 했다. 아내의 고생이 많았다. 지금도 그렇지만 당시에도 월급쟁이가 결혼하면 미래에 태어날 아이를 위한 전셋집을 마련하기 위해 피땀을 흘렸다. 이후 세월이 흘러 입사 동기들이 전세를 디딤돌 삼아 집을 장만할 때 우리는 겨우 전세를 구할 수 있었다. 이사할 때마다 아버님께 드린 돈의 절반만이라도 있었다면 하는 아쉬운 생각이 없지 않았다. 하지만 지금 생각하면 고향에 땅이라도 남아있어 다행이다.

지금도 시골에 가면 고향 집 논밭을 팔아 자식에게 밑천을 대느라 서울에서 객지생활을 하는 어르신 이야기가 나온다. 고향에 집과 땅이 있어야 친족이 모이는데 이를 팔아버리는 것은 고향을 없애는 것과 똑같다는 말씀이다. 무척이나 공부를 잘해 수재 소리를 들으며 좋은 대학에 갔던 한 형님은 집의 문전옥답을 야금야금 해 먹다 끝내 부모님 집까지 팔아 식구들이 아주 비참해졌다는 이야기를 들었다. 장남으로서 부모님께 돈을 보태 고향을 지키고 동생들 학비를 댈 수 있었던 것이 그저 감사할 따름이다. 지금은 고향에 땅이 있어 부모님이 밤도 줍고 밭일로 소일하시는 것이 보기 좋다. 추석이면 온 식구들이 모여 밤을 따고 아이들이 뛰어다닌다. 땅을 사드리길 잘했다.

육남매의 눈물

2015년 4월 17일, 둘째 동생 정순이가 하늘나라로 갔다. 남편과 미혼인 아들과 딸을 남겨두고 홀로 갔다. 드디어 집을 샀다며 해맑게 웃던 아이가 행복을 만끽하지도 못하고 그렇게 떠났다. 아직 선친께서 살아계신데, 육남매가 형제의 죽음으로 모이게 될 줄은 꿈에도 몰랐다. 팔십 평생 엄하고 냉정하게만 보였던 아버님은 여동생 장례식장에서 울지 않았고 말씀도 없었다. 그저 장례식장 천장만 바라보며 한숨을 섞어 약주만 들이키셨다. 그러던 아버지가 이번 설, 딸아이의 빈자리를 보시곤 펑펑 우셨다. 아버지의 눈물을 처음 본 우리 오남매도 따라 울 수밖에 없었다.

정순이는 어려서 교회도 빠짐없이 다니는 성격이 참 밝은 아이였다. 말수가 적고 순해 빠져서 오빠들의 부탁을 거절할 줄 몰랐고, 동생들에게도 늘 져주기만 하는 언니였다. 결혼 후 가끔 할머니나 부모님을 모시고 놀러 가면 대구에서 내려와 어머니 손을 잡고 동행을 해주었던 아이이다.

내가 안부를 묻고자 전화하면 정순이의 응답은 늘 똑같았다.

"오빠예요~?"

정겨운 고향의 억양이 섞인 이 말이 난 정말 좋았다. '여보세요'도 아니고 '안녕하세요, 오빠'도 아닌 오직 '오빠예요?'였다. 정순이는 늘 같은 대답으로 반가움을 표했고, 마흔 줄에 접어들어도 나에겐 늘 어릴 적 귀여운 둘째 여동생으로서 화답했다. 난 이런 정순이 목소리가 반갑고 애틋하기만 했다. 여동생을 보내고 그간 기록한 일기를 뒤졌다. 한 점의 추억이라도 품에 간직하고 싶었다. 정순에 대한 내용을 더듬으며 나는 더 통곡하며 눈물 흘렸다.

정순이는 어렸을 때 얌전하고 말이 별로 없었다. 나랑 철수가 일을 시키면 늘 군소리 없이 따랐다. 아버지는 국수를 좋아하셨지만 우리 남매는 모두 술을 거르고 남은 찌끼로 만든 빵을 좋아했다. 뜨거운 여름철 원두막에서 뒹굴 때 어머니가 빵을 만들면 늘 정순에게 심부름을 시켰다. 한참을 기다려 저 멀리 정순이가 빵을 들고 오면 남매는 만세를 부르며 정순이가 가져온 술빵을 맞았다. 이마와 목은 땀으로 뒤범벅이 되었지만 정순이는 한번도 투정하지 않았다. 살아 있을 때 이름 한 번이라도 더 부드럽게 불러주고 다정하게 대해 줄 걸 하는 후회 때문에 한 6개월가량은 정순이 생각에 너무나 힘들었다.

아버지가 농사일을 시키시면 나는 장남으로서 동생들을 통솔했다. 동생들도 꼬박꼬박 존댓말을 쓰며 장남을 대접했다. 나도 어렸지만 그래도 동생들에게 본이 되기 위해 무던히도 노력했던 기억이 난다. 아버지가 시키는 일이 때로 고역이어도 장남이기에 티 내지 않고 오히려 동생들 군기를 잡았다.

바로 밑 동생 철수는 절약 정신이 강했다. 돈이 생기면 꼬박꼬박 저축했고 단 한 푼도 헛되이 쓰지 않았다. 철수는 특히 수학을 잘했는데 교내 경진대회에서 상도 많이 받았다. 공부와 담쌓고 지낸 나는 모르는 문제가 있으면 철수에게 물어보았다. 철수는 달리기, 마라톤도 잘했다. 당시엔 멋진 몸매로 기억하는데 지금은 살이 쪄 둔해졌다.

미자는 늘 명랑한 아이였다. 험한 말은 할 줄 몰랐고 단발머리에 웃음이 예뻤다. 교회도 열심히 나가는 총명한 아이였다.

수용이는 초등학교 시절, 마치 놀기 위해 태어난 듯 방과 후엔 냅다 가방을 던져두고 담을 넘어 뒷동산에서 뛰어놀았다. 공부를 너무 안 해 아버지께 많이 혼났다. 지금은 영어의 달인이 되어 학생을 가르치고 있다.

막내 진수는 태어났을 때 머리카락에 금빛이 서려있었다. 외모도 서구적이라 얼핏 보면 서양 아이로 착각할 정도였다. 머리는 노란색, 이마는 반듯하고 코는 커서 누가 보아도 잘생긴 서양 아이였다. 늦둥이라 온 집안의 총애를 독차지했다. 그 애가 태어날 무렵 중학생이었던 나 역시 막내가 귀여워 견딜 수가 없었다. 할머니는 늘 진수를 업고 다니셨는데 마을에 나가면 사람들이 미국에서 온 아이냐고 물어볼 정도였다. 중학생 시절, 선생님의 가정방문 시기가 오면, 나는 어린 마음에 선생님이 우리 집에 오지 않아 다행이라고 생각할 정도였다. 녀석은 총명해서 한 번은 바로 밑 동생 철수네 서울 자취방을 찾을 때, 한 번 갔던 골목길을 기억해 우리를 안내했을 정도였다. 내가 거제도에서 근무할 때 막내는 초등학생이었다. 녀석은 방학이면 우리 집에서 놀다 가곤 했다. 회사를 창업하고 나는 막내에게 도움을 요청했는데, 선뜻 내려와 지금은 함께 근무하고 있다. 나는 아들이 태어났을 때 진수와 너무 닮아 놀라기도 했고 자라는 모습을 보며 아들의 하는 짓이 진수와 흡사해 기분 좋을 때가 많았다.

나를 닮아 육남매도 장난을 좋아하는 개구쟁이였다. 우리에게 가장 극적인 사건은 둘째 철수의 불장난 사건일 것이다. 우리 집엔 작은 부엌이 따로 있었는데 아궁이는 주로 소죽을 끓이는 데 사용했다. 소죽은 대충만 불을 지펴도 김이 무럭무럭 나 금방 만들 수 있었다. 어느 날 동생 철수가 아궁이 옆에서 불장난하다 그만 불을 내고 말았다. 무엇에 옮겨 붙었는지 철수는 마당에 엎어져 울고 있고 지붕 위로는 화염이 넘실대고 있었다. 당시 나보다 10살 위인 작은 아버지가 가작 위에 올라가셔서 "불이야! 불이야!" 외치자 마을 사람들이 물동이에 물을 담아 와서는 불을 끄기 시작했다. 당시 마을에 장정이 많았는데, 어른들이 길게 줄을 이어 대야와 양동이를 쉴 새 없이 날랐다.

작은 채에 불이 번지는 것을 막기 위해 물 먹은 멍석으로 지붕을 덮는 어른들을 보니 그제야 마음이 조금 놓였다. 지붕은 거의 다 탔지만 다행히 방 안의 세간 일부는 건질 수 있었다. 밤늦도록 호롱불을 밝히며 기름병, 옷가지 등을 모두 꺼내는 아버지 어머니를 보았다. 타다 남은 재는 달빛을 받아 끊임없이 연기를 토하고 있었다. 그날 집을 잃은 우리 식구가 어디서 밤을 보냈는지는 기억에 없다. 다만 너무나 큰 사고였지만 평소 엄하셨던 아버지가 동생 철수와 나에게 아무 말도 하지 않으셨던 것만 기억난다.

이제 우리 남매도 예순 살에 이르렀다. 누구 하나 엇나가지 않았고 부모님 공경도 잘한다. 형제간 반목이 없고 위

아래 예법도 잘 서있다. 남의 집안을 보면 때로 형제간 돈 다툼이나 부인의 이간질로 형제가 갈라지기도 하는데 우리 남매에겐 그런 것이 없다. 장남인 내가 먼저 나서서 동생들에게 엄히 말했다.

"형제간에 돈을 그냥 주면 주었지, 빌려주지 마라. 되도록 형제에게 돈을 빌릴 생각을 하지 마라. 정 급하면 나에게 와서 말해라. 형제간에 돈거래가 생기면 앙금과 원망이 생긴다. 돈 때문에 우리 남매가 흩어지는 건 눈 뜨고 볼 수 없다."

청소년 시절 나는 좁은 방에서 다섯 명의 동생이 누워 뒹구는 모습을 보고 한숨을 쉬었다. 형제가 많은 것이 자랑이 아니라 빈궁한 형편에 육남매는 궁상처럼 느껴지기도 했다. 사실 우리 집은 마을에서 비교적 부자에 속했다. 소를 일곱 마리나 키웠으니. 그런데도 나에겐 비좁은 세간에 뒤죽박죽 엉킨 육남매의 모습이 서글펴 보이기만 했다. 어린 내가 무슨 돈이 있었겠냐만 나는 언제쯤 집을 넓혀 부모님과 동생들이 쾌적한 집에서 살 수 있을까 걱정을 했다.

그러나 이제는 장성한 우리 남매를 보면 자랑스럽다. 명절에 남매들이 모였을 때 우린 고향의 가노골에 큰 이층집을 지어 함께 살자고 다짐하곤 했다. 동생들은 장남이 술기운에 말하는 소망이라고 생각할지 모르지만 나는 이미 거제도에 3층짜리 건물을 지었고 이후 전원주택을 지을 수 있다면 부모님과 동생들을 모두 불러 함께 살 궁리를 하고 있다.

나는 이 글을 처음 쓸 때 제목을 '오남매의 눈물'이라 했다. 정순이가 떠난 날 남은 우리 남매들의 눈물이라는 뜻이었다. 하지만 생각해보니 하늘에 있는 정순이도 남겨진 가족들과 우리를 내려다보며 울었을 것으로 생각하니 '육남매의 눈물'이 옳다. 육남매가 완전체로 태어났듯 우린 영원한 육남매인 것이다.

매송서재梅松書齋에서 옛것을 찾다

아버지는 나의 일기장을 뒷간 휴지로 사용하셨다. 부랴부랴 찾아온 일기는 72년에서 80년대 사이의 것들로 나에겐 보물이 되었다. 그중 일부를 소개한다.

1972년 1월 22일(토) 맑음

집에서 배구를 하고 놀다가 상갈 외삼촌께서 꿩 잡으러 엽총을 가지고 오셨다. 꿩은 우리나라 짐승이니 한 놈이라도 다 잡았으면 좋겠다고 생각했다.

1972년 3월 5일(일) 맑음

병기 집에서 배구를 하다가 손가락을 다쳐서 많이 부었다. 할머니께서 꾸지람하실까 퍽 염려했다. 침을 20번 찔렀다.
봄! 날씨가 따뜻하고 바람조차 불지 않았다. 희분이, 미화, 윤순이는 섬에 나물 뜯으러 갔다. 나도 섬에 가니 있었다.

1976년 2월 23일(목) 맑음

점심때 미화가 불평을 부려서 나는 신경질이 난 마음이 아니라 성질의 순환을 돋우기 위해 매를 들었다. 처음에 때리니 엉엉 세차게 울어서 나는 더욱 궁둥이를 세차게 타격했다. 그러고 난 뒤 다시 울지 않을까 했으나 허사였다. 다시 매를 대기 시작했다. 울던 미화는 사랑방으로 들어가더니 쿨쿨 잔다. 이것을 나는 목격한 뒤 동생에 대해 애처로운 사랑이 솟구쳤다. 나의 심정은 때리고 싶어서 그런 것은 전혀 아니었다. 스승도 역시 그러하나 보다. 때리는 아이를 더 생각하는 것을…….

1972년 2월 11일(수) 맑음

곱게도 타오르는 빛이 어찌 봄이 될 것 같은지 하나의 티 없는 속에 아지랑이가 피어오르고 앙상하게만 남은 가지들도 이젠 계절이나 하늘을 탓하는 것 같이 보이지 않는구나. 돌아서면 아쉽고 앞으로 가면 사랑스러운 계절이 이제 봄이 다가오나 보다. 한사코 밝은 새 아침에 일찍부터 지저귀는 이름 모를 새들이 나의 잠을 오늘 깨웠지 뭐야. 웅크리고 쭈그렸던 가슴을 펴고 이젠 한 보 한 보 전진에 전진 하자구나.

1976년 3월 15일(월) 아주 맑음

점심을 먹은 뒤 혼자 아지랑이를 짓누르며 섬으로 나

갔다. 사과나무와 복숭아 나뭇가지를 치기 위해서이다. 정신을 잃은 듯 일을 하다가 목이 마르고 좀 휴식을 하고픈 생각이 났지만 일을 끝낼 예정으로 시작해서 일찍 끝냈다. 학교에서 형식적으로 배웠기에 나 역시 능통하지 않아서 과수원을 해본 사람에게 물어봐서 일을 시작했다. 단 10원을 써도 적기에 어머니께 말씀드릴 예정이다.

1975년 1월 4일 칫솔 2개 200원, 1월 14일 신발 1개 500원, 1월 17일 연필공책 365원

MY 방침

1. 부모님을 존경할 줄 알고 최대로 사랑하겠다.
2. 모든 어른을 보면 인사하고 최대의 예의를 갖춘다.
3. 언행에 신중을 기해서 생활하겠다.
4. 음주나 끽연과는 단절하겠다.
5. 내 몸을 아낄 줄 알겠다.
6. 돈을 아껴 쓰고 예금하는 습관을 기르겠다.

1976년 12월 30일(월)

30일 저녁 먼갓 마을 동기인 창숙, 윤숙, 성진이가 찾아와서 놀자고 권하는 바람에 나 역시 거절할 수가 없어서 명원이를 부르고 태희는 오지 않아서 병호, 동열, 광호와 같이 광호 집에서 놀았다. 무언가 쑥스럽기만 하였다. 이성 교제가 왜 이렇게 화려하지 못하나 생각되었다.

새벽 1시 40분까지 놀다가 집으로 오는 길에 정말 세상의 고요함을 느끼고 말았다. 정말 아이들에게 나의 별로 좋지 못한 언행이 미안하였다. 놀러 오라고 하는데 갈 수 있는 문제인가 아니면

(중략)

참으로 문장력도 떨어지고 철자도 틀리지만 이렇게 일기를 꾸준히 써가면서 공부는 하지 않았다는 사실에 놀람을 금치 못하겠다.

나는 가위질을 하면서 한 형식 토막의 글귀가 생각났다.

'나무에 가위질을 하는 것은 나무를 사랑하기 때문이다.' 라는 생각을 하면서 가지를 쳤는데 사실 같았다.

1976년 3월 24일(수) 흐림

닭을 오늘 몽둥이로 후려쳐서 잡았다. 머리를 맞아서 피가 펑펑 쏟아지면서 목숨은 끝났다. 이런 동물 잡는 데도 즐거운 마음은 사라지니 앞으로는 잡지 않아야겠다고 생각했다.
달걀을 하루하루 낳아주는 데도 무슨 불평이 있어서 이럴까도 생각해 봤다. 농촌에 있으면서 고기는 좀처럼 먹기가 힘든 것 같다. 닭은 깨끗한 동물에 속한다는 생각을 해보았다.

1976년 3월 27일(토) 맑음

바람이 살랑대는 오후이다.

난 빨랫줄에 기대어서 흘러가는 구름을 바라다보며 사색에 잠기다가 문득 제비같이 나는 것에 놀랐다. 호랑나비였다. 머리 위 가까이 다가오는 것을 손으로 움켜잡으려고 하다가 놓쳤다. 지붕 위에서 아른거리는 아지랑이 속으로 들어가 버린다. 멀지 않아서 제비도 찾게 될 것이다. 빨랫줄에서 지저귀는 그 소리는 이 조그만 가슴에도 무언가 그리움을 갖다 주겠다는 생각을 하여도 봤다. 난 나비를 좋아하는 이유는 없지만 무척 좋아하고 있다.

상주 상갈 외갓집

내가 어렸을 땐 방학만 되면 상주 함창 상갈리 외갓집에 놀러갔었다. 어머니와 함께 동생들을 데리고 들판을 지나 강을 건너 25리가량 걸아가야 했다. 외갓집 가는 길엔 아름드리 고목나무가 서있었고 집 앞엔 맑은 물이 철철 흘러내렸다.

외갓집을 가려면 낙동강을 건너야 했는데, 강에는 나룻배가 있어 건너편을 보고 "배 건너 주소!", "배 건너 주소!" 이렇게 여러 번 외치면 강 건너편의 주인이 배를 밀고와 태워주었다. 배 삯은 돈이 없어 못 주었고, 다만 여름에 보리나 밀을 수확하면 배 주인이 우마를 끌고 다니며 곡식을 받아가곤 했다. 어릴 적엔 짓궂어서 배 주인이 없는 틈을 타 몰래 그 배를 몰고 강을 건너기도 했다. 지금은 그 배도, 뱃사공도 없고 낙동강만 유유히 흐른다.

언젠가 겨울에 친할머니를 모시고 외갓집에 간 적이 있었다. 나는 한참을 놀다 잠들었는데 새벽녘 닭이 울 때까지 큰 방에선 외할머니와 할머니께서 사돈 간에 이야기를 나누고 계셨다. 잠에서 설핏 깼지만 다시 자는 척 했고 두 분의 이야기를 엿들을 수 있었다. 두 분은 집안 간의 이야기와 따뜻한 정담을 나누셨다. 세월이 많이 흘러서 이 두 분은 하늘나라에 가시고 안 계시지만 어려울 때나 시간적인 여유가 있을 때는 이 눈시울이 후끈한 옛날 장면들이 머리에 떠오르곤 한다. 내가 너무나도 사랑했던 두 분이시다.

당시 외갓집에 외사촌 동생이 있었는데 사촌동생은 도시에서 유학을 했다. 방에 플라스틱 악기가 있어 돌아오는 길에 슬쩍 한 일이 있다. 작년 여름 외사촌 동생네가 거제에 여행을 와서 콘도를 잡아주고 저녁을 사준 일이 있는데 이

때야 나는 그 사건을 털어놓았다. 수십 년간의 완전범죄에서 탈피할 수 있었다.

1976년, 나는 고등학교 졸업 후 해양경찰 입대를 앞두고 인사를 드리러 외갓집에 갔다. 집에 도착했는데 외할아버지가 안 계셔서 이웃에게 물어보니, 산 속 깊이 논을 갈기 위해 가셨다고 했다. 먼 길을 걸어가니 할아버지 홀로 소를 몰며 무논을 갈고 계셨다. 당시 연세가 70이셨으니 참으로 고된 노동이었을 것이다. 외할아버지께서 당신 자식들을 위해 그 먼 함참장까지 쌀을 몇 말씩이나 지고서 다니셨던 것을 많이 보았다. 요즘은 상상도 못할 일이지만 그 당시엔 짐 보따리를 이고지고 산을 넘고 물 건너 자식이나 손자들의 옷가지나 먹거리를 준비하셨다.

1998년, 나는 27년 만에 외갓집에 다시 갔다. 설 하루 전날 외가 쪽 작은 외삼촌이 10년간 중풍을 앓으시다 소천하셨다. 부모님을 모시고 동생네와 승용차를 나눠 타고 갔는데 다시 보니 마을이 굽이굽이 첩첩산골이다. 어머니께 "어머니, 아무리 그래도 이 깊은 시골에서 불편해서 어찌 사셨습니까?”

어머니는 당신 자신이 자란 곳이지만, 당신조차 이런 시골에서 어떻게 살았는지 영문을 모르겠다며 놀라워하셨다.

상주 함창은 예로부터 논농사로 유명한 곳이었다. 상갈리 외갓집에서 영강을 따라 약간만 올라가면 그 유명한 ‘공갈못(공검지)’이 나온다. 여긴 이모님 내외가 사는 곳이며, 한국을 대표하는 민요 ‘연밥 따는 노래’의 고장이다.

연밥 따는 노래

상주 함창 공갈못에
연밥 따는 저 처자야
연밥 줄밥 내 따줄게
이내 품에 잠자주소
잠자기는 어렵잖소
연밥 따기 늦어가오

상주 함창 공갈못에
연밥 따는 저 큰 아가
연밥 줄밥 내 따줌세
백 년 언약 맺어다오
백 년 언약 어렵잖소
연밥 따기 늦어간다

이 공갈못은 농사를 위해 논 사이에 깊숙이 땅을 파고 축대를 세워 물을 저장한 곳인데 삼한시대(三韓時代)부터 이어져 내려온 사적지다. 이 연못을 축조할 때 '공갈'이라는 아이를 묻고 둑을 쌓았다고 해서 공갈못이라 한다. 못에는 백련, 홍련, 수련이 아름답게 피어 관광객과 사진작가들이 즐겨 찾는 곳이기도 하다.

"저승에 가도 공갈못을 못 보고 온 이는 다시 이승으로 돌려보낸다."

이 말은 함창지방에서 예로부터 내려오는 말이다. 그만큼 이 지역에선 공갈못에 대한 자부심이 높았다고 한다. 물이 귀했던 저 옛날 논 가운데 이렇게 큰 저수지가 있었으니 자랑할 만도 하다.

어릴 적 교육이 평생 사람에게 영향을 미친다는 말을 나는 실감한다. 내 어릴 적 두 분의 할머니와 정을 쌓고 존경하는 마음을 못 배웠다면, 커서도 이런 종류의 감정은 없었을 것이다. 함창 상갈리 외갓집에 대한 유년시절의 기억은 내 애틋한 정서의 상당 부분을 채워주었다.

차茶는 식었지만
난향蘭香은 남았다

베란다에서 난에 물을 주면 온몸에 그윽한 향이 배어 집안에 퍼진다. 선현들은 지란지교(芝蘭之交)라고, 마음을 알아주는 벗과 만나 담소를 나누고 헤어지면 '차는 식었지만 난향은 남았다.'며 벗의 떠난 자리를 난 향기에 비유했다.

"

나의 기록유산, 일기

갓 결혼한 둘째 집에 방문했을 때 제수씨가 내 일기를 읽은 기억을 말했다. 고향집에선 뒷간 마무리를 호박잎이나 자른 새끼줄로 하곤 했는데, 아버지는 내 일기장을 화장실용으로 비치하셨다. 제수씨는 고향 집 화장실에서 일기장을 읽었는데 내용이 너무 우습고 정겨워서 그 안에서 혼자 낄낄대고 웃었다는 소리를 했다. 그 이야기를 듣고 정신이 번쩍 들어 화장지를 사 들고 집에 들러 남아있는 내 일기장을 모두 찾아왔다. 소실되지 않고 남아 있는 일기장은 72년부터 80년 사이에 쓴 것들이다.

내가 매일 일기를 쓰기 시작한 해가 1970년이니 초등학교 5학년 시절부터다. 물론 그 전에도 일기를 쓰곤 했지만 주로 숙제검사용이었다. 방학 때 실컷 놀다 개학을 앞두고 몰아치기 일기를 썼던 것이다. 어릴 적 일기를 보면 철자도 틀리고 문장도 엉망이지만 꾸밈없는 내 유년시절의 기록이 그대로 남아있다. 어렸을 땐 그 날 있었던 일과 감정 따위를 썼고 청년기에는 매일 그 날의 씀씀이와 교훈, 희망을 썼다. 그리고 장년이 되어선 좋은 책에 대한 감상과 회사경영에 대한 사색을 기록했다. 일기는 꾸밈없는 내 삶의 실록이다. 아마 일기 쓰는 습관이 없었다면 지금 쓰고 있는 '자전적 에세이'는 꿈도 꾸지 못했을 것이다. 일기엔 전구 한 알에 얼마, 쌀 한 가마니에 얼마였는지까지 상세히 기록되어 있다.

일기 쓰는 습관은 생각지도 못했던 삶의 선물의 준다. 우선 일기를 쓰면 문장력이 좋아진다. 글쓰기의 기본은 꾸밈없이 사실관계를 기록하는 단문(短文)에서 시작된다. 소설가 김훈은 『칼의 노래』라는 책을 구상하던 시기 충무공의 『난중일기』를 보고 전율을 느꼈다고 한다. 형용사와 부사와 같은 꾸밈이나 개인적 주관을 모두 걷어낸, 오직 팩트(사실)만을 오롯이 기록한 엄정한 문장이 그곳에 있었다. 김훈은 최고의 문장은 사실에 대한 군더더기 없는 기록에서 나온다고 찬탄했다. 좋은 문장은 사실관계에 대한 꾸밈없는 기록이라는 점에서 일기 쓰기는 좋은 문장력을 선사한다.

일기쓰기는 또한 자신에 대한 객관적 반영을 가능하게 한다. 일기에 결심이나 교훈, 새로운 아이디어를 기록하고, 다시 이를 재확인하는 과정은 자신의 실체를 과장 없이 볼 수 있도록 해준다. 사람의 기억은 주관적이며 망각 또한 선택적이라고 한다. 즉, 특정 사건도 자신에게 유리하게 기억하거나 안 좋은 기억을 선택적으로 하는 존재가 사람이다. 하지만 날마다 기록한 자신의 고백, 일기 앞에서야 어찌 겸손해지지 않을 수 있겠는가? 일기는 자기 자신을 있는 그대로 투영해 놓은 실록이다. 일기에 썼던 좋은 아이디어와 결심을 다시 보고 다시 결심하기도 하고, 간절한 소망과 목표를 기록한 일기를 보고 내 생활을 점검하기도 한다. 기록하는 삶은 혁신하는 삶이다.

김구 선생의 『백범일지(白凡逸志)』나 충무공의 『난중일기(亂中日記)』도 처음부터 어떤 이름의 책으로 엮인 것이 아니었다. 충무공은 『임진일기』, 『정유일기』라고 일기장 제목만을 달리해 일기를 썼을 뿐이고 백범 역시 그랬다. 다만 후세가 일기 중 사료적 가치가 높은 부분을 묶어 펴낸 것이다. 주목할 점은 그들이 조국수호나 조선독립이라는 자신의 가치를 실현하기 위해 일기를 쓰며 내일을 기획했다는 것 아닐까?

신비로운 것은 일기에 쓴 소망대로 미래가 실현되는 방향으로 흘러가는 경우가 많았다는 점이다. 자신의 소망을 기록하고 이를 끊임없이 생각하면 실행으로 이어지고 반복된 실천은 결국 자신의 소망을 이루게 한다. 이를 심리학적으로는 자기암시 효과 또는 망각곡선의 법칙 등으로도 설명할 수 있다. 젊은 시절엔 학습목표와 취업을 위한 자기준비 내용이 많았고, 삼성중공업을 나온 뒤 기업을 창립한 이후부터는 안전감독과 경영과표, 자산관리에 대한 내용이 많았다.

나는 십여 년 전, 삼성중공업의 기네스북에 올랐다. 약

27년간의 급여 명세서, 보너스, 성과금 등의 명세서를 한 장도 버리지 않고 모은 것을 가지고 기네스에 도전했는데 기네스 상을 받았다. 입사 때의 초봉부터 보너스, 성과금 등의 모든 이력이 담겨있으니 직원들은 놀라워했다. 젊은 직원들은 20년 전의 급여명세서를 보고 신기한 듯 감탄했다. 나는 그야말로 삼성중공업의 살아있는 화석 인간처럼 대접받았다. 기네스북에 오른 봉급명세서는 책 4권으로 만들어 나의 매송서실에 보관했다.

이렇듯 일기를 쓰는 습관은 매일 사소한 것도 메모하고 기록하는 생활로 이어진다. 길을 걷다 떠오른 좋은 단상을 메모해 놓으면 그 작은 생각이 나중엔 구체성을 획득하고 결국 큰 사업적 실마리로 이어진다.

일제 강점기의 우민화(愚民化)정책과 한국전쟁으로 인한 혼란 때문에 사람들 사이에 기록하는 습관이 많이 없어졌지만 예부터 우리 민족의 기록문화는 세계 최강이었다. 대표적으로 『승정원일기(承政院日記, 국보 303호)』는 유네스코 세계기록유산으로 등재되었는데, 세계의 문헌학자들은 『승정원일기』를 보고 입을 다물지 못했다. 현존하는 세계의 모든 기록물 중 가장 방대하고 그 기록 또한 세밀하고 엄정했기 때문이다. 글자 수는 무려 2억 4,250만 자, 권수로는 3,243권인데 그나마 519년 조선사 중 288년간의 기록이 전쟁으로 소실되어 남은 것이 이 정도다. 왕의 하명과 신하의 간언은 물론 날씨, 상소, 지방의 사건과 궁궐 밖의 살림살이까지 모든 것이 기록되어 있다. 심지어 정조 임금에게 아버지 사도세자의 신원을 상소했던 유생 1만 58명의 이름이 빠짐없이 기록되어 있을 정도다.

뛰어난 실학자 연암 박지원과 다산 정약용도 메모광이었다. 연암은 소매에 넣을 수 있는 손바닥보다 작은 노트를 지참해서 기록했다. 연암은 자신의 노트가 나비의 날개처럼 작아 최대한 글을 조그맣게 써야했다고 고백했다. 심지어 자신이 진 빚을 기록한 장부까지 만들어 요강 값, 놋쇠수저 값까지 기록했다. 다산은 유배시절 약초와 차, 어패류, 민초들의 겨울나기 일상까지 기록해 후세에 전했다. 그들은 치열하게 메모했고 서민의 실생활에 천착했다. 그리고 메모를 모아 새로운 실학의 경지를 열었다.

반드시 해야 할 일과 다음에 해도 될 일, 중요한 일과 일상적인 일, 미래를 위한 일과 하루를 넘기기 위한 일에 대한 체계 또한 메모로부터 온다. 카페에 앉아 냅킨에 끄적거린 낙서가 큰 변혁을 몰고 온 사례는 너무나 많다. 어느 책에서 읽은 찰스 스와브의 이야기다.

찰스 스와브는 1921년 미국 실업계에서 최초로 백만 달러 연봉을 받은 사람이다. 그는 카네기에 의해 스카우트되어 38세의 나이에 US 스틸의 경영자가 되었고 이후 베들레헴 스틸의 경영자로 발탁되어 기업을 부흥시켰다. 사람들이 그에게 성공 노하우를 묻자 그는 두 가지 습관을 이야기했다.

"내가 혁신적인 기업문화를 고민할 때 만났던 컨설턴트는 나에게 단순한 방법을 권했습니다. 그가 이렇게 말했죠.

'여기 한 장의 메모지가 있습니다. 여기에 내일 해야 할 일 여섯 가지만 적으십시오. 그리고 처리해야 할 일의 순번을 적으세요. 간단합니다. 매일 6번까지 실행하시면 됩니다. 때로 모두 다 하지 못하더라도 중요한 것은 매일 1번부터 하는 것입니다. 먼저 CEO인 당신이 하고, 그리고 부하 직원에게도 권하십시오. 그리고 이 방법이 효과가 있다고 생각되면 그 가치만큼 저에게 컨설팅 비용을 주십시오.'

몇 주가 지나고 나는 그에게 감사편지와 함께 2만 5천 달러를 보내지 않을 수 없었습니다."

업무의 혁신이 메모로부터 시작되었을까? 그렇다. 나는 꾸준히 기록하는 메모의 힘이라 생각한다. 메모는 즉흥적인 감상을 구체적인 실행력으로 바꾸며 자신이 할 수 있는 영역과 하지 못할 영역을 깨닫게 한다. 회사를 경영하다 보면 초임 관리자들이 의욕만 앞서 목표는 거창하게 세우되 이에 걸맞은 실행력은 타산하지 않는 경우를 본다. 매일 기록하고 다음 날 객관적인 평가를 하지 않을 때 이런 습관은 교정되지 않는다. 경영자가 생각하는 우선순위와 가치가 직원의 가치와 일치하면 그 회사는 비약한다. 비로소 객관적인 매뉴얼과 프로세스가 힘을 발휘한다.

그렇다면 찰스 스와브가 말한 두 번째 습관은 무엇일까? 그것은 '칭찬하는 습관'이다. 찰스 스와브에게 경영관리의 비법을 묻자 그는 쿨 하게 이렇게 말했다.

"나는 철강회사의 CEO입니다. 하지만 내가 철강생산과 판매의 모든 것을 제일 잘 알까요? 아뇨. 난 항상 나보다 철강에 대해 잘 알고, 나보다 뛰어난 마케팅 전문가에게 일을 맡깁니다. 제가 하는 일이라곤 그들을 진심으로 칭찬하는 겁니다. 사명감과 높은 동기를 주면 그들은 더욱 책임감 있게 일합니다. 기업주가 나에게 높은 연봉을 주는 이유는 내가 '사람을 움직이기 때문'입니다."

나는 일기로부터 기록과 사색의 습관을 얻었고 할머니의 끝없는 칭찬을 통해 그 힘을 깨달았다. 얄팍하게 인생의 금전적 성공이나 사람 감독의 효율성만을 따지자는 것이 아니다. 이 습관은 분명 더 가치 있는 생활방법과 사람 관계의 풍성함을 준다. 끝으로 나의 기록은 나의 사랑하는 자식들과 후손들에게도 하나의 나침반과 같은 유산이 되리라 믿는다. 자녀에게 남겨야 할 것은 부동산 등의 재산이 아니라 그 어떤 가치관이나 기록유산이 아닐까 한다.

칭찬과 감사의 변증법

삼성조선에 입사했을 때 나는 어학자격증만 네 개를 가지고 있었다. 영어 두 개, 일어 두 개로 아마 삼성조선에선 내가 최초일 것이다. 요즘 취업준비생에겐 토익(TOEIC) 800점이 기본이라지만 1980년대 초만 해도 영어능력자는 매우 귀했다. 내가 영어에 매료된 것은 고등학교 시절 조병택 영어선생님 덕분이었다. 선생님은 기억 못 하실지 모르지만 배구밖에 모르던 내가 영어 교과서를 낭독하자 발음이 좋다고 칭찬하셨고, 이 칭찬이 내 인생에 영어라는 선물을 가져왔다. 열등감이 컸기에 작은 칭찬도 나에겐 큰 힘이 되었고, 그 칭찬은 더 큰 열정을 불러왔다.

우리 할머니 역시 칭찬의 대가셨다. 내 행동거지를 유심히 보셨고, 흠이 되는 것은 모른 체하시고 좋은 행동은 사소한 것이라도 끄집어내 칭찬으로 빛을 내셨다. 내가 동무들과 닭서리를 해 동네를 뒤집어놓았을 때도 할머니는 먼저 주머니를 털어 보상해주셨다. 일이 더 커지기 전에 손을 써 내 마음이 더 다치지 않길 바라셨다. 할머니의 칭찬은 일관되었고 그 방식도 공개적이었다. 나에게 한 칭찬은 반드시 가족들과 동네 사람들에게 알리셨다.

이제 와 심리학자들은 칭찬의 효과에 대해 연구해 칭찬의 일관성과 공개성을 권장한다. 즉 기분에 따른 칭찬이 아니라 좋은 행동은 칭찬하고, 그 근거는 머리가 좋다거나, 잘 생겼다고 하는 천부적인 요소가 아닌 땀과 노력, 선한 동기일수록 좋다고 한다. 할머니는 이런 법칙을 어떻게 아셨는지 칭찬으로 긍정적 행동을 더 많이 끌어내셨고, 내가 선한 행동과 배려심을 보이고, 노력하면 그에 상응하는 칭찬을 반드시 해주셨다. 할머니의 칭찬이 값졌던 이유는 그 모든 말이 단순한 습관이 아닌 진심이었기 때문이다.

2009년, 7월 13일 나는 지금의 정동산업을 창립했다. 첫 출근 날 나는 책상 앞에 글귀를 붙였다.

"할 수 있는 한 많은 사람을 격려하는 데 힘쓰십시오. 일터나 가정에서 만나는 사람을 사랑하고 그 안에서 가능성을 발견한 사람에게 주저하지 말고 다가가 칭찬의 말로 힘을 줍시다. 그렇게 하면 그들의 새로운 의욕과 자신감 그리고 사랑이 당신에게 돌아올 것입니다."

노력은 하지만 말처럼 쉬운 것은 아니다. 엄청난 높이의 선박 내부에 모든 기계 설비를 하는 일이라 늘 안전사고의 위험이 도사렸다. 한 번은 안전수칙을 준수하지 않은 직원에게 질책 대신 안전교육을 맡겼다. 월요일 오전에 그 직원은 자신의 경험담과 동료들의 현장 이야기를 섞어 교육했는데 어찌나 생동감 있고 흥미로운지 전 직원이 박장대소하며 공감했다. 교육이 끝난 후 나는 그에게 다음에 회사 분위기가 가라앉으면 다시 한 번 강의해줄 수 있냐고 부탁까지 했다. 칭찬을 하고 나니 그 직원도 기분이 좋고 직원은 물론 나까지 엔도르핀이 솟았다. 안전수칙을 어긴 과거에 집착하는 스트레스가 아니라 우린 변할 것이라는 기분 좋은 기대감을 얻었다. 사람을 단죄하는 것을 넘어 사람을 살리는 공정이다.

역시 충고는 개인적으로 해야 하고 칭찬은 공개적으로 해야 한다. 벼는 농부의 발소리를 듣고 크고, 회사는 대표의 행동을 따라 닮는다고 하지 않던가? 다행히 지금 우리 회사는 거제에서도 안전관리가 가장 철저한 업체로 손꼽힌다. 나는 '일을 못 했으면 못 했지 안전과는 타협 없다.'라고 직원들의 귀에 못이 박히게 말해왔다. 하지만 일부 직원들은, '정말 회사가 그렇게 생각할까? 당장의 성과와 생산이 중요하지 않은가?'라고 생각했다. 그래서 나는 불안요소가 발견되면 바로 작업을 중단시켰다. 사고로 인한 손실보다 예방에 들이는 비용이 훨씬 저렴하다는 것을 체험시키기 위해서다. 다행히 얼마 전 무사고기록을 달성해 직원들에게 포상금을 나눠 주었다. 거제의 조선업계에선 나를 '안전의 상징'처럼 여기기도 한다.

지금은 조선업이 최악의 불경기다. 작년 한진해운과 현

대상선 사태로 울산과 거제에 흉흉한 바람이 불 때였다. 협력업체와 하청업체들이 줄도산하고 퇴직금은커녕 밀린 임금조차 받지 못한 사람들이 많았다. 삼성중공업 역시 선박 한 척조차 수주하지 못하는 상태가 1년 가까이 되면서 나는 여직원들의 보직을 변경했다. 새로운 업무는 그들에게 상당한 부담을 주었을 것이다. 보직 변경 후 한 달이 지난 어느 날, 나는 힘든 일은 없는지, 바라는 것은 없는지 듣기 위해 저녁 자리를 마련했다. 이 자리에서 한 여사원이 일어나 말했다.

"대표님, 저희에게 급여를 늦추지 않고 꼬박꼬박 제때 주시는 것에 감사드립니다. 조선업 경기도 그렇고 회사도 어렵다는 것 잘 알고 있습니다."

조선업체의 곡소리가 요란한 시점이었기에 그 직원의 이야기는 나에게 특별한 감정을 불러왔다. 따지고 보면 회사에서 급여를 제때 주는 것은 너무나 당연한 일이다. 그런데 그 직원은 이를 '자신의 권리'가 아닌 '대표자의 헌신'이라고 생각해 고마움을 표했다. 신선한 충격이었다. 직원들이 알 리가 없지만 나는 직원의 임금을 제때 마련하기 위해 이리저리 자산을 처분하며 동분서주해왔다. 나는 오히려 마음속 깊이 그 직원의 고마움에 감사했다. 그 순간 고마움을 아는 사람에 대한 그보다 더 뜨거운 고마움이 생겼다고나 할까?

"아, 사람이 고마움을 잊고 살면 안 되겠구나!"

그렇다. 고마움을 알고 표현하는 사람에겐 정이 더 가고, 뭐 하나라도 더 해주고 싶다. 고마움을 표현하는 것도 역시 칭찬과 같은 효과를 가져온다. 사람을 고무시키고 서로의 숭고한 관계를 강화한다. 나는 직원들을 생각하며 늘 이렇게 다짐한다.

"직원들에 대한 고마움은 늘 생각하고, 혹여 내가 베푼 것에 대해선 바로 잊어버리자!"

직위가 높거나 연장자라고 아랫사람의 감사와 공경을 당연시하는 건 좋지 않다. 할아버지라도 손주의 마음에 고마움을 표현해야 하고, 기업의 대표라도 직원의 노고에 감사함을 표현해야 한다. 우리는 살아가며 서로 도움을 주고받으며 살아간다. 고마운 이들에겐 고마움을 표현해야 한다. 그 고마움의 표현은 결국 또 다른 고마움으로 진화한다.

수년 전에 우리 부부는 이웃의 초청으로 참으로 좋은 저녁 식사를 대접받고 돌아온 적이 있다. 그때 내가 "다음에는 제가 모시겠습니다." 약속하고 그만 몇 년이 흘러버리고 말았다. 불현듯 그 생각이 나 급하게 날짜를 잡아 자초지종을 설명하고 뜻깊은 자리를 마련했다. 한편으로 미안한 생각이 들었다. 우린 다음에 '술 한 잔', '다음에 만나 밥이나 먹자.' 하는 인사치레를 아무렇게나 한다. 나는 그런 사람이 아니라고 생각했지만 나 또한 다를 바 없다는 생각에 반성했다.

나는 이제는 식당에서 밥을 먹은 후에도 계산하며 칭찬을 한다.

"멸치볶음이 너무 맛있습니다."

"모처럼 제대로 된 찜을 먹었습니다."

주인도 신나고 나도 기분이 좋다. 좁은 골목길에서 마주

치는 차가 있으면 나는 먼저 차로를 비워두고 기다린다. 한참을 배려해 기다려주었는데도 그 어떤 고마운 표시도 없이 가버리면 내 마음이 차가워짐을 느낀다. 손을 한 번 들어주는 것은 운동도 되고, 기분전환도 된다. 게다가 완전히 무료다.

진심으로 칭찬하고 고마움을 표현하는 것만큼 고귀한 감정을 불러일으키는 것이 있던가? 베풀면 당장엔 그것이 남에게 주는 것 같지만 궁극적으론 나의 행복을 키우는 근원이 된다. 나는 이것을 칭찬과 감사의 변증법이라 하고 싶다. 칭찬한 사람과 칭찬받은 사람, 고마움을 전한 사람과 이를 받은 사람, 그들이 느끼는 감정이 과연 다를까? 아니다. 서로 같은 감동을 주고 서로를 발전시킨다.

'사랑한다.' 말해야 할 때

어느 여성 강사분의 강의를 들었다. 이분은 호스피스 병원에서 생활하신 적이 있는데 임종을 앞둔 이들에게 같은 질문을 해보았단다.

"만일 당신의 삶이 한 달간 연장된다면, 무슨 일을 제일 하고 싶습니까?"

대부분은 가족에게 사랑한다고 말하지 못하고 떠나는 것이 가장 후회스럽다고 대답했다고 한다. 이들은 남에게 베풀지 못하고 가는 삶이 두렵고, 만약 한 달이라는 시간이 있다면 모든 힘을 다해 사랑하고 남을 돕겠다며 눈물을 글썽인다고 한다. 죽음이 너무나 분명해진 인생의 마지막, 그들이 간절히 원했던 것은 여행도, 맛난 음식도, 쾌유를 위한 운동도 아니었다.

사랑하는 가족을 암으로 떠나보낸 이들이 공통적으로 하는 말이 있다. 수술과 항암제로 고통 받다 끝내 병원 침대에서 망자를 보낸 것이 너무 가슴 아프다는 것이었다. 마지막 한 달간 멀쩡한 정신으로 손을 잡고 여행지에서 사랑한다고 말하고, 또 그렇게 돌아가고 싶어했던 집의 소파에 앉아 정담을 나누지 못한 것이 후회된다고 한다. 그럼 왜 그걸 하지 못했냐고 물으면 대부분의 대답이 똑같다.

"살리고 싶어서요. 단 1%의 가능성이라고 붙잡고 싶어서요."

대부분의 암 환자 가족들은 생명연장을 하는 데 매달리느라 생의 존엄 있는 마감을 놓쳤다며 후회한다. 수술 후유증으로 복막에 물이 차고 폐로 전이되면 환자는 매일 익사하는 고통을 느끼다 결국 떠난다. 병원에서 임종하면 병원

침상에서 지하 영안실로, 지하 영안실에서 지하 장례식으로, 다시 화장장으로 옮겨질 따름이다.

내가 부산에서 해경근무를 하고 있을 때의 일이다. 해경본부와 해군본부는 부산역 뒤에 서로 인접해 있었다. 하루는 저녁을 먹고 내무반에서 TV를 보고 있는데 밖에서 꽝, 하는 엄청난 굉음이 들려왔다. 나는 순간 '아이고! 큰 사고가 났구나!' 하며 부두 앞 8차선 도로로 뛰쳐나갔다. 무거운 강판을 가득 실은 큰 트레일러가 중앙분리대를 부수고 도로가에 있는 간이매점을 덮쳤다. 매점 안의 냉장고와 집기들이 모두 찌그러졌다. 사람들은 여자가 트레일러에 끼였다며 아우성쳤다. 나와 병사들은 냉장고 사이에 낀 아가씨를 구하기 위해 지지대를 넣어 안간힘을 쓰고 있는데, 순간 통나무 같은 것이 툭 하고 떨어졌다. 그 아가씨의 다리였다. 여름이라 치마를 입고 왔는데 다리가 절단된 것이다. 어둠이 깔린 밤 운전사는 망연자실 땅에 퍼질러 앉아있었다. 아가씨를 응급차에 싣고 부산 침례병원으로 옮겼으나 며칠 못 가 사망했다는 소식을 들었다.

그 아가씨는 해군에서 근무하는 연인을 면회하기 위해 이곳에 왔다고 한다. 간이매점에 있던 공중전화기를 사용하는데 찌그러진 동전 탓인지 전화기는 동전을 계속 뱉어냈다. 이렇게 시간을 보내다 결국 과속 트레일러에 치여 하늘나라로 갔다. 아주 짧은 순간이었다. 사연을 들은 병사들은 저마다 안타까운 가정을 하며 참참해 했다. 만일 동전이 찌그러지지 않았다면, 1분 만이라도 통화가 일찍 끝났다면……. 그 날이 아니었다면……. 우린 불의의 사고로 죽은 이들을 생각하며 수많은 가정을 하게 된다. 사랑하는 연인을 잃은 그 군인은 그날 면회를 오게 한 자신의 선택을 두고두고 후회하며 자신을 괴롭힐지 모른다. 늘 시간에 쫓겨 위험한 곡예운전을 하던 그 운전사는 자신의 운전습관을 저주했을지도 모른다.

너무나 급작스러운 사고로 사랑하는 아이를 잃고 홀로 남겨진 가족은 아이가 대문을 열고 나간 그 날 아침을 생각한다. 그날 아침 아이를 품에 안고 사랑한다고 말해 줄 걸……, 학원 간다고 아침을 건너뛰고 나가는 아이를 붙잡아 식탁에 앉혀 엄마의 된장찌개라도 먹일 걸……. 아이를 학교에 보내지 말걸……. 하지만 죽음은 시점과 방식의 문제일 뿐 어떤 모습으로도 우리 곁에 있다.

나보다 나이가 조금 많은 지인이 폐암으로 임종하시는 것을 본 적이 있다. 얼굴이 너무나 부어서 한눈에 알아보지 못했을 정도로 위중했다. 지인의 형님이 신부님이었는데 임종기도로 죽음을 인도하는 모습을 보고 많은 생각을 하게 되었다. 모든 죽음은 확정적이며, 그 죽음이 언제 닥쳐올지는 아무도 모른다. 하지만 우린 절대로 오늘만큼은 죽지 않을 것이라 믿고 생활한다. 인류가 사랑하는 이와 이별하고 남는 후회는 대부분 이렇다. 그래서일까? '내일 당장 죽을 것처럼, 오늘 사랑하라.'라는 말은 깊은 울림이 있다. 급작스러운 죽음이야말로 지금 삶과 관계에 대한 강력한 암시를 준다. 신은 사람의 마지막을 예측하지 못하게 만들어 놓으셨다. 삶의 긴장과 경계를 놓치지 말도록 말이다.

나는 더 많이 베풀고, 사랑과 감사의 마음을 표현하기로 했다. 사랑한다고 말해야 할 때는 죽음을 앞둔 순간이 아니라 바로 오늘이다. 당신이 만일 내일 죽는다면 당신은 무엇을 할 것이오? 삶이 우리에게 주는 근원적인 질문이다. 삶의 끝이 죽음이라면, 죽음은 부정해야 할 것이 아니라 삶의 종착점으로 준비해야 할 최종관문이다. 절대적으로 확정된 죽음이 있기에 삶은 더욱 가치 있고 아름답게 다가온다. 여전한 삶의 가치 때문에 우린 죽음을 슬퍼한다.

우리 같이 60줄에 들어선 사람 모두에게 공통으로 주어진 숙제가 있다. 앞으로 20년은 어떤 모습으로 살 것인가에 대한 문제다.

몇 년 전 '어느 95세 노인의 고백'이 화제가 된 적이 있었다. 65세 정년까지 모범적인 가장이었고, 훌륭한 기업의 임원이었던 이 사람은 주변의 축복 속에 집으로 돌아갔다. 남은 삶은 덤으로 받은 것이니 편안하게 보내다 손주들 크는 맛을 보다 죽겠거니 생각했단다. 그러나 웬걸 삶은 지속되고 마침내 95세의 생일을 맞은 날 이 노인은 펑펑 울 수밖에 없었다. 은퇴 후 30년이 너무나 지루했고 무의미했으며, 하루하루 시간 보내는 것이 고역이었다는 것이다. 이처럼 '생(生)의 마지막 10년'이 우리 세대에겐 거대한 숙제로 남겨져 있다.

사랑한다고 말해야 할 때, 바로 오늘이다. 그 어떤 하루도 덤으로 받는 인생은 없다. 죽는 그날까지 보람과 가치를 위해 뛰는 사람이 자기 삶의 승리자다.

꿈이 이루어지는 날

공부와는 담쌓고 살았던 내가 영어와 일어를 자연스럽게 구사하게 된 것도 내가 꿈을 꾸었기 때문이다. 영어에 호기심을 가졌고, 영어교재에서 흘러나오는 원어민의 발음을 따라 하며 '나도 원어민처럼 할 수 있다'는 믿음으로 연습했다.

1995년에 나는 영어우수자로 선발돼 삼성 외국어생활관에서 두 달간 어학연수를 했다. 삼성 용인연수원은 물 맑고 산세 좋은 곳에 있어 목가적 분위기를 한껏 즐길 수 있다. 연수원에 들어가는 순간 우리말은 금지되었고 오직 영어로만 의사소통을 해야 했다. 주말이면 가족이 보고 싶어 다소 외롭기도 했지만 나는 연수생과 함께 원 없이 영어로 대화하며 실력을 높였다. 영어 집중화 교육이라고 할까? 특정 공간에서 영어로만 대화하고, 수업을 받으니 그 어느 때보다 실력이 빨리 늘었다. 나와 같은 방을 쓰는 룸메이트는 삼성물산에서 오신 부장님이었는데 성품이 따뜻해 금방 정이 들었다. 난에 대해 꽤 많은 이야기를 나누며 가까워졌다.

2개월의 연수를 마치고 나는 우수연수생으로 선발되어 미국연수 비행기에 올랐다. 연수생 중 50%의 우수사원을 뽑았는데 나로선 엄청난 축복의 연속이었다. 우린 뉴욕을 거쳐 시카고 그리고 카네기 박물관이 있는 피츠버그를 경험했다.

미국연수가 결정되던 날 밤 나는 초등학교 시절 선생님이 해준 이야기를 떠올렸다. 선생님께선 미국에 가면 100층이 넘는 건물이 있는데 이 건물 옥상에 올라가면 시내 전체가 보이고, 구름이 빌딩 중간에 있다고 했다. 그 당시 우리나라에서 가장 높은 건물이 삼일빌딩이었고 교과서에도 실렸다. 1971년 청계천변에 들어섰던 삼일빌딩은 총 31층의 마천루였다. 시골에서 올라온 이들이 서울역에서 종로까지 걸어가 삼일빌딩의 층수를 세며 구경하는 게 하나의 관광코스였다. 그런 시대였으니 100층이 넘는 건물은 상상조차 어려웠다. 나는 고등학교 때 영어를 공부하면서도 나중에 미국에 가면 이 빌딩 옥상에 가겠다는 꿈을 가졌다. 그 건물은 시카고 호수 근처의 씨어스 타워(Sears tower)다.

꿈꾼 자에게 운명이 주는 선물이었을까? 우리가 시카고에 도착하자마자 가장 먼저 방문한 건물이 바로 씨어스 타워였다. 건물 로비에서 소개영상을 본 후 엘리베이터를 타고 104층 정상으로 올라갔다. 104층까지 70초면 올라갔는데 엄청난 속도감이었다. 전망대에서 시카고 전체를 굽어보며 나는 희열을 느꼈다. 어릴 적 꿈이 이렇게 이루어졌다. 중학교 때 『Tom and Judy』라는 영어책을 받아들고 축음기에서 흘러나오는 영어발음이 우스워 킥킥대며 따라 한 것이 20년 전이었다. 꿈에서만 생각하던 씨어스 타워 전망대에 서니 꿈이 현실이 되는 섭리가 경이롭기만 했다.

사람의 꿈은 어떻게 실현되는 것일까? 꿈만 꾸면 공상으로 끝나지만, 꿈을 포기하지 않으면 결국 이루어진다. 꿈을 비현실적인 것으로 생각하는 순간 꿈은 공상이 된다. 재미난 이야기가 있다. 어떤 사람의 꿈에 신(神)이 나타나자 그는 순간 간절히 빌었다. "신이시여, 제발 제가 복권에 당첨되게 해주십시오." 한 달이 지났지만 그에겐 아무 일도 일어나지 않았다. 한 달 후 다시 그 신(神)이 꿈에 나타나자 그는 자신에겐 어떤 일도 일어나지 않았다며 따져 물었다. 그러자 신(神)이 답했다. "제발, 복권 좀 사라." 우스갯소리지만 단순한 이치가 들어있다. 꿈만 꾸어선 아무 것도 이루어지지 않는다. 하지만 꿈을 소망으로 간직하고 한걸음씩 걸어가면 그 꿈은 의외의 모습으로 이루어진다. 세상 모든 이치가 이와 같지 않을까? 호기심에서 시작한 영어가 고등학교 졸업 후에는 생존을 위한 절박함으로 다가왔고, 사업현장에서는 필수능력이 되었다. 나는 이런 식으로 영어를 잘하게 되었고 꿈에 그리던 시카고 씨어스 타워 위에 섰다. 꿈을 이루기 위한 노력은 때로는 기적을 선사하기도 한다. 사람들은 이를 기적이라 하지만, 꾸준히 노력한 이에겐 그저 노력한 인생에 대한 결과일 뿐이다. 그래서 '기적'은 꿈을 포기하지 않은 자에게 주는 신의 선물이라고 하지 않던가.

차茶는 식었지만, 난향蘭香은 남았다

삼성중공업에 입사한 이듬해였다. 설계관리부 선배인 박 대리께서 난(蘭)에 대한 이야기를 해주었다. 박 선배는 난에 흠뻑 빠져 주말이면 전국의 산을 뒤져 난을 채집하는 마니아였다. 나는 꽃을 좋아하긴 하지만 난에 대해선 전혀 몰랐다. 왜 박 선배가 나를 찍었는지는 모르지만 선배는 틈만 나면 난에 관해 설명하며 합류를 권유했다. 근무시간, 점심시간, 술자리를 가리지 않았다.

선배는 난에 대해선 모르는 게 없었다. 변이종이 어떻고, 춘란이 어떻고, 어디에 가야 좋은 난을 캘 수 있는지에 대해 끊임없이 설명했다. 난이 꽃을 피우면 향이 나는데 그 향은 세상 그 어떤 화장품에 비견할 수 없다고 했다. 그때 난 그저 난에 사로잡힌 선배의 과장이겠거니 했다. 심지어 나는 '캐온 난을 힘들게 키우느니, 그냥 팔아 술이나 먹자'며 염장을 질렀다. 그러나 선배는 끈질기게 나를 설득했다. 무려 2년 동안이었고 나는 끝내 투항했다. 그리고 난의 세계로 발을 들여놓았다.

나는 어렸을 때부터 식물을 키우는 데 관심이 많았다. 특히 선인장을 좋아했는데 집 근처에 내 꽃밭을 만들어 꽃을 키웠다. 방과 후에 집에 오면 책가방을 던져놓고 꽃밭부터 달려갔다. 수업시간엔 친구 집의 선인장을 받기 위해 쪽지를 던지고 받기를 반복하다 결국 그 친구에게 어린 선인장을 분양받아 키우기도 했다. 공부보다는 꽃밭 가꾸기에 얼이 빠진 나를 아버지는 못마땅해 하셨다. 내가 못난 성적표를 가져오면 화가 나신 아버지는 그 자리에서 찢어버리기도 하셨다. 한번은 성당 주변에서 빨간 꽃을 예쁘게 피운 선인장을 보고 온통 정신을 빼앗겼다. 몇 날을 그 선인장만 생각하다 결국 학교 점심시간을 이용해 그 선인장을 파서

훔치고 말았다. 그 일이 두고두고 마음에 걸려 다시는 도둑질을 하지 않았지만, 어쨌든 어린 시절 나는 꽃에 의미를 부여하고, 식물이 크고 꽃을 피우는 것을 늘 경이롭게 관찰했다.

1985년 겨울, 동료와 함께 거제 법동이라는 뒷산에서 잎 끝이 노란 난을 세 포기 캐온 적이 있다. 우린 이것이 어떤 종류의 난인지도 몰랐다. 박 대리에게 물으니 아주 좋은 난으로 꽃이 피면 값도 꽤 나갈 것이라 했다. 집에 와 화분에 옮겨 물을 주고 가꾸기 시작했다. 새싹은 났지만 세력이 약해 잎은 올라오지 않았다. 이 경험이 시작이었다. 나는 겨울이면 난을 캐러 다녔고, 사원 아파트 베란다에 난이 빼곡히 들어섰다.

거제도의 산은 모두 훑었고 전라도까지 내 영역이었다. 난이 꽃을 올리는 매년 2, 3월에 난 전시회가 열린다. 이를 준비하기 위해 겨울부터 바빠지는 것이다. 한 사람당 7천 원씩 각출해 봉고차를 빌려 새벽 6시에 출발했다. 아침이면 구례나 전남 섬에도 도착해 난을 캘 수 있었다. 다들 아내가 새벽같이 싸준 도시락과 식수를 배낭에 넣고 산을 올랐다. 삼삼오오 팀을 이뤄 산을 올랐지만 어느 곳에 가야 좋은 난이 있을지는 오직 박 선배만 알았다. 좋은 변이종을 점지해 달라고 기도도 하고 소변도 참아가며 산비탈을 뒤졌지만 그 넓은 산에서 변이종을 찾기는 쉽지 않았다.

정오가 되면 다시 집결해 식사하는데 좋은 난을 얻은 이들은 발걸음부터 달랐다. 오전, 오후 모두 허탕을 치고 나면 돌아오는 차 안에선 잠도 오지 않았다. 반대로 중투나 호 좋은 산반을 얻으면 세상을 다 가진 것만 같았다. 중투란은 잎의 중앙에 노란 줄이 있어 운치를 더하는 고급 동양란이고, 산반은 난초 변이를 간직한 어린 종으로 자라면 변이종 난초가 된다.

이렇게 3년이 지나니 베란다에 300여 개의 난이 가득 찼다. 허탕 치는 기간이 길어지자 나는 일요일마다 순천의 '순천란원'에 들러 난을 샀다. 거제에서 충무, 충무에서 진주, 진주에서 순천으로 버스를 갈아타며 3만 원 정도의 난을 10만 원어치씩 샀다. 난이 더 늘자 나는 난실을 만들었다. 아내는 내가 난에 미쳐 매달 수십만 원을 쓰는 것을 이해하지 못했다. 그때를 생각하면 내가 너무 심했다는 생각에 미안하기도 하다. 이렇게 초기에 난을 위해 쓴 돈이 1,200만 원에 육박한다.

난을 오직 수집용으로 모으는 사람이 있다면 그 사람은 엄청난 재력가다. 하지만 나는 난을 키우기도, 팔기도 한다. 난이 새 촉(신아)을 올리면 분가시킨다. 하나의 난이 두 개가 되고, 두 개가 네 개가 되기도 한다. 몇 년 지나면 초기 구입비용을 압도적으로 상쇄하는 것이 바로 난이다. 난은 3만여 종에 달하는데, 이 종 구분이 무의미할 정도로 지금도 끊임없이 변이종을 만들어내고 있고 사람들은 새로운 변이종에 명명한다. 봄이 되면 난은 새 촉을 화분 위로 올려놓고 그윽한 향을 가득 뿜어내는데, 이것이 바로 난 키우기의 매력이고 백미다. 베란다에서 난에 물을 주면 온몸에 그윽한 향이 배어 집안에 퍼진다. 선현들은 지란지교(芝蘭之交)라고, 마음을 알아주는 벗과 만나 담소를 나누고 헤어지면 '차는 식었지만 난향은 남았다.'며 벗의 떠난 자리를 난

향기에 비유했다.

동양에서 난(蘭)만큼 사랑받고 의미를 부여받은 꽃이 있을까? 난초는 예로부터 선비의 꽃, 군자의 상징이라 여겼다. 공자가 "난초는 깊은 숲속에서 자라나 사람이 찾아오지 않는다고 향기를 풍기지 않는 일이 없고 군자는 도를 닦고 덕을 세우는 데 있어서 곤궁함을 이유로 절개나 지조를 바꾸는 일이 없다."고 한 이래 난초는 군자로 대접받았다. 주역(周易)에선 "같은 뜻을 가진 사람의 마음은 마치 난과 같이 향기가 난다."고 표현했다. 난은 자신의 마음을 알아주는 소중한 벗으로 상징되어 '지란지교(芝蘭之交)'라는 말까지 탄생했다. 중국에선 지금도 아주 친한 친구와 의형제를 맺을 때 '금란보(金蘭譜)'라고 하는 작은 책자에 서로의 이력을 적어 "비록 대해(大海)의 물이 마를지라도 우리 두 사람의 우정은 영원히 변치 않는다."라고 맹서하고 서로 교환하는 문화가 남아있을 정도다.

난은 청초한 모양과 그윽한 향기로 고고한 기품을 자랑한다. 옛날 우리 선조들은 매란국죽(梅蘭菊竹)을 사군자(四君子)

로 칭하며 절개의 상징으로 대접했다. 매화는 겨울을 이겨 제일 먼저 피는 선구자의 모습을, 난초는 깊은 수림에 홀로 있어도 그 향을 잃지 않는 고고함으로, 국화는 늦은 가을 첫추위와 싸우는 비장함으로, 대나무는 혹한에도 푸른 잎을 간직하는 충직을 상징했다. 하지만 난을 좋아하는 이들은 소나무엔 향기가 적고, 대나무엔 꽃이 없고, 매화는 꽃이 피면 잎이 사라진다고 주장한다. 결국 꽃과 잎, 향기를 모두 갖춘 난이야말로 가장 완벽한 군자의 꽃이라고 말이다.

난 배양이 손에 익자 나는 각종 경연대회에도 출품했다. 엽예 대상, 최우수상, 경기도지사 상 등을 받았고, 상금과 상패도 꽤 받았다. 출품을 하면 보통 난인(蘭人)들은 자신의 난에 이름을 짓는다. 시인 김춘수는 「꽃」에서 "내가 그의 이름을 불러 주었을 때 그는 비로소 나에게로 와서 꽃이 되었다."라고 했는데 난을 키우는 사람들은 이 시구를 체감한다. 난을 얼마나 사랑하면 이름을 지어 독립된 반려자로 대접하겠는가?

내가 지금까지 이름을 지어 준 난은 세 종 정도 되는데 이름은 희광, 애심, 정동이다. 희광은 나와 아들의 이름을 땄고, 애심은 우리 아내의 이름에서, 그리고 정동은 내 회사이름에서 땄다.

각종 난 전시회에서 수상하고 월간 『난과 생활』 등의 잡지에도 실리다 보니 난 키우는 재미는 더욱 쏠쏠해졌다. 지금까지 분재, 수석, 낚시, 골동품, 우표 수집 등등 접해보지 않은 것이 없을 정도로 많은 취미를 거쳤지만, 이제는 난이 나의 평생취미로 자리매김했다. 고민이 있을 때 난실에 들어가면 모든 시름이 잊힌다.

난蘭에서 훈육을 생각한다

난 키우기엔 즐거움만 있지 않다. 난은 주인의 발걸음 소리를 들어야 크는 고귀한 식물이다. 상당한 인내심을 요구하고 때로는 단호한 결단이 있어야 한다. 겨울 추위가 매서우면 이듬해 벚나무, 복숭아나무가 한껏 꽃을 피우는데 난도 비슷하다. 겨울이 따뜻하면 꽃은 화려하지 않고, 그 수도 현격히 적어진다. 추위를 견딘 난만이 화려한 꽃을 피운다. 나의 난실엔 3백여 개의 난이 있는데, 겨울에 영상 2도 정도의 온도에서 동면을 시키면 이듬해 산아가 튼튼하고 병이 없다. 거제의 겨울은 따뜻한데 겨울에도 이른 진달래가 피기도 한다. 겨울이 춥다고 난방을 하며 주인이 호들갑을 떨면 난의 면역력은 더욱 떨어진다. 이듬해 벌레나 병충해로 죽기도 한다. 춥게 키우되 거의 얼지 않을 정도를 유지하는 것이 난 배양의 가장 중요한 법칙이다. 그렇게 겨울을 견딘 난은 단단한 새 촉을 힘 있게 밀어 올린다.

흔히들 잔디에 대조하는 것이 온실 속 화초다. 잔디는 혹한의 겨울 땅 속에서 자신의 생명력을 더욱 키우지만, 온실 속 화초는 밖에 두면 얼어서 다음 날 바로 죽어있다. 우린 난 키우기에서 훈육을 배울 수 있다. 귀하다고 자식을 온실 속 화초로 키우면 아이는 독립심과 절제력, 생활력을 잃어버린다. 과잉보호하며 떠받들어 키운 아이는 세상살이도 가정의 온실처럼 인식한다. 근거 없는 자신감만 가지고 있다가 현실의 벽 앞에서 이내 절망한다. 총기는 있으나 리더십이 없고, 의기는 높지만 생활력이 받쳐주질 않는다. 물론 아이를 얼어 죽지 않을 정도로 배양하는 난처럼 키우라는 뜻이 아니다. 그건 아동학대에 해당한다. 어느 해인가 나는 좋다는 영양제를 사서 난에 주었다. 과유불급이라 했던가? 혹서기를 만난 난들이 맥없이 죽어버렸다. 자신이 생명력을 단련하지 않아도 영양분이 충분히 공급되니 난이

자생력을 잃어버린 것이다. 좋은 통풍과 시련, 적절한 물 주기가 난 배양의 핵심이다.

자식이 컸다고 부모가 차도 사주고, 결혼한다고 집도 사주고, 대학 간다고 등록금을 모두 마련해야 하는 건 아니다. 내가 미국 연수를 갔을 때 일반 미국인 가정에서 홈 스테이 한 적 있다. 그때 미국인 부모는 나에게 이렇게 권했다.

"아이가 고등학생을 졸업하면 성인입니다. 이때부터는 부모는 권한과 책임 모두를 줘야 합니다. 자기 인생을 스스로 결정할 권리와 자신의 생계와 학업을 위한 책임 말입니다."

물론 한국에서 이를 바로 적용하기란 쉽지 않다. 요즘 20대가 직장생활을 통해 자력으로 집을 사거나 알바를 해서 등록금을 마련하기란 불가능한 환경이기 때문이다. 지금의 청년세대의 꿈이 오직 '정규직'이라고 하고, 기초적인 생활비용조차 버거워하는 것도 사실이다. 그렇다면 부모는 무엇을 주어야 할까? 생활력이라고 생각한다. 어릴 적부터 귀하게만 키워 쓴 소리를 참지 못하고, 땀 흘리는 것을 천하게 여기고, 소비는 하지만 설계하지 못한다면 그건 아이의 생명력을 부모가 죽이는 행위다.

요즘은 아이가 학교에서 약간의 체벌만 받아도 부모가 교사를 고소하고, 목욕탕이나 지하철에서 망나니처럼 뛰는 아이를 훈계하면 '왜 남의 자식을 혼내냐'며 오히려 적반하장으로 따지는 경우가 많다. 교사들은 이에 무관심이나 벌점으로 대응하고, 어른들은 인상을 쓸 뿐 대처하지 못한다. 수입이 적으면 씀씀이를 줄여야 하고, 미래가 불확실하면 생활비 설계를 더욱 촘촘히 해야 한다. 능력이 안 되는데 우선 할부로 승용차를 사고, 한 달에 몇 번은 고급요리를 먹어야 하고, 어려우면 부모에게 다시 손을 벌리는 청년을 보면 걱정이 앞선다.

유대인의 훈육방식은 주목할 만하다. 그들은 아이에게 어려서부터 가계부를 쓰는 법을 가르치고, 아이가 자라 더는 사용하지 않는 장난감과 책은 동네 벼룩시장에서 팔거나 교환하는 법을 가르친다. 비록 집이 부유해도 낭비하는 것은 부끄러움으로 인식하게 한다. 수입의 일정액은 기부하는 습관을 가르쳐 모든 경제활동이 공공의 이익이라는 가치에 부합해야 한다는 것을 훈육한다. 소비의 원천이 부모의 호주머니에서 나오는 것이 아니라 사회적 경제활동의 결과물이며, 아이들 역시 철저한 경제의 주체로 가계부를 쓰고 장부를 기록해야 함을 배우는 것이다. 언제인가 기억이 나지는 않지만 인상적으로 들은 이야기는 유대인은 아이들에게 밖에 나가 집에 돌아올 때 훔치지는 말고, 썩은 부지깽이라도 들고 오라고 가르친다고 한다.

'하브루타(chavruta)'는 유대인 교육의 백미다. 탈무드의 교육방법에서 고안한 것인데, 부모는 아이에게 끊임없이 질문을 던지고 토론을 하며 생각하는 힘을 키워준다. 아이의 대답에 다시 다른 관점의 질문을 던진다. 끊임없이 '왜?'라고 묻는다. 새로운 사고력을 키우는 것이다. "두 사람이 좁은 굴뚝에 들어갔다 나왔는데 한 사람의 얼굴만 검었다. 왜지?" 이런 식으로 질문을 던지면 아이는 대답을 한다. 답을 묻는 것이 아니라 아이의 생각을 묻는 것이다. 답 또한 하나가 아니다. 랍비들은 수십 가지 경우의 수를 알고 있는데, 아이의 대답으로 이 경우의 수가 확장되면 아이를 칭찬한다. 그렇게 합리적 추론능력과 지혜가 커진다. 아이들은 현실을 빨리 배우며 지혜를 손에 쥔다. 인류의 0.2%밖에 되지 않는 유대인이 노벨상과 세계적인 금융, 지식영역을 장악하는 이유 중 하나다. 생각하는 힘, 생활하는 힘, 좋은 가치관은 부모가 자녀에게 줄 수 있는 최대의 선물이다.

누구나 난을 키우고 싶어 하지만 난 키우기가 어려운 이유는 바로 통풍과 채광 문제 때문이다. 성장환경이 적절치 않으면 난도 죽는다. 즉, 부적절한 환경에선 난이 쉽게 죽기도 한다. 난을 처음 배양하는 초심자들은 마음을 비우고 하나씩 배우며 키우는 것이 좋다. 처음부터 고가의 난을 들여 키우다 죽으면 그 실망감에 다시는 난을 안 키우겠다는 사람도 있다. 난을 처음 키울 땐 비싼 난이 아니라 삼만 원짜리 난이라도 자신의 정성으로 아름답게 키우는 데 재미가 있다. 난을 대할 때 가격으로 대하면 부작용이 생긴다. 이는 자식을 키울 때도 마찬가지다. 성적이나 실력 등 각종 정량적인 지표로만 아이를 판단하면 어느새 부모와 자식 간의 관계는 성취와 보상이라는 관계로 전락하고 참된 가족애는 사라진다.

CEO가 좋아하는 직원

나는 25살에 삼성중공업의 경력특채 사원으로 입사해 품질경영부장까지 지낸 뒤 52살에 지금의 회사를 창립했다. 평범한 직장인이 대기업 협력사를 창립하는 일이 흔한 것은 아니기에 주변에선 나에게 자수성가했다고 한다. 직원에서 대표가 되니 일에 대한 입장도 바뀌게 된다. 직장인이었을 땐 다음 연도 달력을 보며 빨간 날을 계산해 미리 휴가도 구상하며 기분이 좋았다. 하지만 대표가 되고 보니 '빨간 날'은 철저한 '비용'이다. 작업 마감일을 맞추려면 어쩔 수 없이 휴일작업을 해야 하는데, 이 빨간 날이나 초과노동에 대해선 임금의 50%를 더 가산해서 줘야 한다. 특히 요즘 같은 불경기에는 급여일이 다가올수록 심장이 쫄깃해져 긴장감은 최고조에 달한다. 비는 돈이 있으면 사방팔방 돈을 구하거나, 이도 못하면 집에 있는 난이라도 처분해 임금을 준비한다. 직원 시절엔 생각지도 못한 변화다. 그러다 보니 빨간 날이 두려워졌다.

지금은 회사에 새벽같이 나가 업무를 점검하는 게 기쁘지만 나 역시 직원 시절엔 말 못하는 고통이 많았다. 경쟁과 압박에 몰려 불면증을 앓기도 했고, 또 어느 날은 출근하는 것이 너무 두려워 이대로 발길을 돌려 집으로 갈까, 하는 생각을 한 적도 있었다. 이대로 사표를 내면……. 그럴 때마다 나를 회사 정문으로 인도해준 것은 이제 막 중학교에 들어간 아들과 아내의 얼굴이었다. 세계 최강의 조선기업들이 한국에 몰려있었으니 경쟁은 얼마나 치열했겠는가? 거창하게 경쟁에서 이기겠다는 생각은 하지도 않았다. 이 경쟁에서 버티는 게 이기는 것이었다. 얼마 전 꽤 인기를 끌던 기업드라마의 한 대사가 기억난다. 회사생활의 고충을 이야기하며 퇴사를 고민하는 이에게 이미 퇴직한 선배가 충고한다.

"회사가 정글이라고? 밖은 지옥이야. 밀어낼 때까지 끝까지 버텨."

이 대사에 많은 직장인이 공감하며 '버티기'를 결심했다는 웃지 못할 이야기를 들었다. 나 역시 그랬다. 지금은 안 그러냐고? 차원이 다른 압박과 책임감으로 하루를 산다. 직원 시절엔 내 처신에 한 가정이 딸려있었지만, 지금은 나의 판단에 회사직원과 직원의 식구가 모두 달렸다. 경영인이 단순히 버티겠다는 생각을 하면 기업이 망한다. 눈에 보이는 순이익을 창출하고 미래를 준비해야 한다.

언젠가 한 직장인이 나에게 직장생활과 승진의 비결을 물어본 적 있어 내 일화를 이야기해줬다. 지금은 작고하신 당시 조선소 소장님의 후일담이다. 이분이 나를 경력특채 사원으로 채용하셨고 나중에 임원으로 승진시키셨다.

"사실, 처음엔 자네에 대해 잘 몰랐지. 그런데 어느 날인가 건물에서 창밖을 보고 있는데 자네가 걸어오는 모습이 보였지. 그런데 자네가 계속 허리를 굽혀 무언가를 줍는 게야. 무슨 동전이 떨어졌나 봤더니, 휴지를 줍더군. 그게 그

날 하루가 아니라 늘 회사 마당의 휴지를 줍더라고. 그때 생각했지. 저런 사람이면 회사 일도 틀림없이 잘할 텐데."

당시 나에 대한 인사평가를 속속들이 들여다볼 순 없었지만 적어도 몇 가지 공통점은 있었다. 성실함과 원칙적인 업무처리, 보고와 집행이 투명하다는 점이었다. 특별한 비결을 생각했던 사람들은 다소 힘 빠지는 이야기일 수 있다. 하지만 사실이다. 지금까지 나를 밀고 온 원동력은 성실함과 원칙성이다. 회사생활이 힘들어도 내가 맡은 업무는 온전히 내 책임으로 집행하려 했다. 물론 기업이기에 '성과 중심'의 평가는 빠질 수 없다. 모든 기업은 사원의 역량과 성과를 본다. 단기전에선 이것이 승진을 좌우할 수 있지만, 장기전에선 다르다. 평사원으로 시작해 대표가 되었기에, 나에겐 일종의 경험과 철학이 생겼다. 젊은 직장인에게 회사에서 성공하는 다음의 세 가지 방법을 권한다.

첫째는 주인의식이다. 물론 회사의 주인은 고용주나 주주임이 틀림없다. 요즘 젊은이들은 농담으로 '주인의식은 주인이 갖는 것.'이라고들 한다. 하지만 모든 고용주는 자기 마음 같은 직원을 선호한다. 요즘은 세련되게 '능동형 인간', '창의적 수행능력'이라고 표현하지만, 이것도 따지고 보면 기업이 선호하는 '회사형 인간'이다. 땀 흘려 일했는데 급여를 형편없이 주고, 직원을 부속품처럼 대하는 직장에선 응당 '주인의식'을 기대하기 힘들다. 하지만 자신의 노력에 따라 성장 가능한 기업이라면 고용의식은 버리는 게 좋다. 능동적으로 사고하고 처리해 성과를 내야 한다. 받은 만큼만 일하면 경영인은 일한 만큼만 평가한다.

기업의 대표들이 싫어하는 직원 유형도 있다. 과장 · 허위 보고로 전략판단을 흐리게 하는 행태, 앞에서는 직언할 배짱도 없으면서 뒤에서 불평을 늘어놓아 기업문화를 삼류로 만드는 유형, 실수와 실패 앞에 겸허하지 않고 남 탓을 하며 책임을 전가하는 유형 등이다. 뭐 꼭 기업인들에게만 해당되겠는가? 모든 조직과 모임의 원리가 다 똑같다.

둘째는 직장예절과 존중이다. 상사를 만나든 동료나 후배를 만나든 사람을 보면 귀하게 맞고 인사를 해야 한다. 심지어 동물도 사람을 보면 반갑다고 꼬리 치는데 한솥밥

먹는 직장에서 본체만체하고 인사도 건성으로 한다면 직장의 활력은 떨어진다. 상급자라도 자신의 의견만을 옳다고 고집하고 아랫사람을 하대해도 경쟁력이 떨어진다. 폭언과 막 대하는 버릇은 최악이다. 사람을 반갑게 맞고 따뜻하게 품는 직장문화가 기업의 에너지 원천이다.

끝으로는 협력과 융합능력이다. 프리랜서가 아닌 이상 직장에선 상호 간의 긍정적 역량을 최대한 끌어올리는 사람이 훌륭한 일꾼이다. 이 협력의 리더십은 최근의 경영인들이 가장 고심하는 영역이기도 하다. 상사라고 부하직원의 성과를 가로채거나, 혼자 잘났다고 독단을 부려 주변인의 능동성을 갉아먹거나, 경쟁적 유형이라 동료를 돕고 배려하지 못하는 직장인 유형 모두 기업경쟁력을 악화시킨다. 사소한 예로 부친상을 당했는데 함께 아파해주지 않는다면 누가 회사 동료들에게 애착을 갖겠는가?

한 대기업의 채용사례다. 그 기업은 신입사원을 뽑기 위해 서류전형 합격자를 우선 골랐다. 면접을 없애는 대신 응시생을 팀으로 나눠 미션을 주었고, 이 미션을 위해 참가자들이 토론하는 모습이 채점에 반영될 것이라고 공지했다. 토론 모습은 인사담당자들이 영상으로 지켜보았다. 주도적으로 가장 말을 많이 한 참가자가 있었고, 묵묵히 듣다가 상대의 허점을 꼬집으며 대안을 끌어낸 참가자가 있었다. 토론에서는 별말 없다가 결정되면 성실히 따르겠다는 유형이 있었다.

그 기업에선 어떤 사람을 채용했을까? 주도적으로 가장 말을 많이 한 사람이 아니었다. "당신 생각은 어때요?"라고 물으며 팀원들에게 골고루 발언권을 부여한 사람이 뽑혔다. 팀원들이 특별히 사회자를 정하진 않았지만, 토론이 진행되며 자연스럽게 이 역할을 하는 사람이 나타났고, 이 참가자는 발언 기회를 얻지 못한 나머지 참가자에게 끊임없이 생각을 묻었다. 그 기업에선 이 사람을 가장 이상적인 리더로 판단했다. 조직력이 발휘되기 위해선 반드시 조직 중심이 필요한데, 그 사람이 임원일 수도 있지만 임원이 아닌 동료 중 한 사람일 수도 있다. 동료들은 그를 신뢰하고, 그의 헌신을 사랑한다. 이것이 바로 협력의 리더십이다.

부동산 시련기

1989년, 나는 처음으로 내 땅을 샀다. 월세방을 전전하며 살았기에 내 집 마련의 꿈은 간절했다. 거제면 옥산리의 논 412평이었다. 부동산이 뭔지도 몰랐던 나는 부동산 중개소의 허위매물에 속아 전 재산을 털어 땅을 매입했다. 손 씨 성을 가진 이 자는 나를 데리고 지목 상에 도로표지도 없는 길을 가리키며 예전에 버스가 다니던 길이고, 돈만 있으면 바로 집을 지을 수 있는 땅이라고 속여 나에게 땅을 넘겼다. 바로 아래 푸른 호수가 있는 한적한 경치가 좋았다. 게다가 땅의 흐름도 남향이었다. 나는 저축해 두었던 예금과 적금을 깼고 집에서 팔 수 있는 것을 우선 처분했다. 그래도 부족해 은행에서 대출받아 땅을 매입했다. 거금 3,700만 원이었다.

땅을 사들이고 나선 꿈에 부풀었다. 거제도에 내 땅 412평이 있음에 감사하고 또 감사했다. 일요일이면 아들과 아내와 함께 나무를 심으며 하루를 보내기도 했다. 나중에 이리저리 수소문하고 부동산에 대해 파고들자 내 땅의 실체를 확인할 수 있었다. 길도 없는 맹지에 계발계획도 없었으며, 근처 산에는 고압선 철탑이 우람하게 버티고 있었다. 특히 아무리 터가 좋아도 길이 나지 않으면 건축허가가 나질 않으니 큰일이었다. 나는 도시계획 확인원, 등기부 등본, 농지대대장 등, 부동산 매입 전 필수적으로 확인해야 하는 증빙서류가 있는지도 모르고 일을 저질렀다. 시련의 시작이었다. 특히 은행대출 이자가 숨통을 조여 왔다. 아무리 아껴도 은행 대출금의 이자만 불어났다.

집 없이 쫓겨 다니며 살았던 세월이 7년인데, 이젠 쓸모없는 땅까지 머리에 이고 살아야 했다. 아내의 고생도 말이 아니었다. 돈이 없으니 마음이 쫓기고 생각마저 궁핍해졌다. 어깨가 아파 파스를 사고 싶어도 지갑에 단돈 몇 천 원이 없었다. 동료들에게 파스 값 빌려달라는 것도 참으로 민망한 일이었다. 사무실 바로 아래 의무실이 있어 파스 정도는 그냥 붙일 수 있었지만, 빚에 쫓기고 생활이 궁핍하니 생각조차 초라해졌다. 의무실이 생각나지 않았다. 나는 그때 시련이 어디서부터 오는지 알 수 있었다. 시련은 마음속에서부터 왔다. 무엇보다 나의 어이없는 투자로 가정에 곡절을 안긴 것이 너무나 가슴 아팠다. 아이 입에 들어가는 통닭 한 마리, 아내 생일에 해주고 싶었던 옷과 외식 모두 사치였다. 무엇보다 땅을 다시 팔 수 있다는 희망이 없었다. 집을 지을 수 없으니 부동산 담보로 집을 지을 수도 없었고 그저 한없이 은행대출 이자를 갚아야 한다는 사실에 절망했다. 사람이 돈 없이는 살아도 희망 없이는 하루도 힘들다는 말이 내 말인 것만 같았다. 궁량이 작아지자 한숨만 늘어갔다. 이 생활이 다시 8년이나 이어졌다.

약 8년 뒤인 1997년, IMF 구제 금융을 받던 시기 나는 너무나 운 좋게도 이 땅을 팔 수 있었다. 옥포에 사는 아주머니에게 매입한 원금 그대로 팔았다. 아주머니는 이 땅을 흡족해하며 시어머니께 자랑한다는 이야기까지 했다. 예전 나처럼 부동산에 대해 아무것도 모르시는 분이었지만 차마 내 입으로 이 땅을 사지 말라고 할 순 없었다. 다만 나는 이 아주머니께 있지도 않은 계발계획이니 하는 거짓말은 하지 않았다. 아주머니에게 땅값을 받자 그제야 숨통이 트였다. 은행 대출금을 갚고 월급을 정상적으로 사용할 수 있게 되자 아내의 얼굴에도 미소가 흘렀고 나도 바람의 향기에 감사함을 느낄 수 있는 예전 모습으로 돌아왔다. 물 없는 사막을 끝없이 걸어 인생의 한고비를 넘긴 기분이었다.

몇 년 후 나는 경남 고성군 장좌리에 조선소가 들어올 예정이라는 부동산업자의 말을 믿고 400여 평을 또 구입했다. 시냇물이 흐르고 경치 좋은 곳이었지만 그 사람의 장담과는 달리 당장 조선소도 들어오지 않았고 땅도 팔리지 않았다. 땅을 팔고 한참이나 뒤에 조선소가 들어왔지만 효과는 없었다. 애초 이 땅은 투자용으로 매입했던 곳이라 집을 지을 생각은 없었다. 몇 년이 지나도 땅을 팔지 못한 나는 아내에게 숙제를 주었다. 아내는 나보다 탁월했다. 천만 원 정도를 더 받고 땅을 바로 팔았다. 천만 원이라고는 하지만 이자 등을 생각하면 이익은 전혀 없었다. 모두 아찔한 순간이었다. 멋도 모르고 집을 올리려다 실패하고, 매매차익을 얻으려다 마음고생만 했다. '부동산 불패'라는 말도 있지만 부동산도 따지고 들어가면 위험요소가 너무나 많다. 값비싼 수업료를 치렀다.

누군가는 그 돈이면 도시의 아파트를 사지 그랬느냐고 충고할 수 있는데 당시 내가 가진 돈으론 엄두도 못 내는 실정이었다. 오죽하면 은행대출을 더해 3,700만 원을 마련해 땅을 샀겠는가? 부동산만 실패했던 것은 아니다. 주식투자에도 실패했다. 아들에게 나는 특정 회사를 지목해 지금 사두라고 조언했고, 아들은 나의 말을 듣고 주식을 샀다. 하지만 지금 그 회사의 주가는 1/4수준으로 폭락했다. 아비로서 면목이 없다.

나의 평소 지론은 '아이에게 물고기를 잡아서 입에 넣어줄 것이 아니라 고기 잡는 법을 가르치라.'이다. 즉, 아이에게 통장관리와 대출을 받는 법, 부동산을 보는 법, 투자와 회수의 법칙에 대해 일찍이 교육해 눈을 트여주고 싶었다. 어떤 부모는 아이가 어릴 적부터 음악에 귀를 열어주고, 또 어떤 부모는 색과 스케치의 마법을 가르쳐 아이를 훌륭한 큐레이터나 미술가로 성장시키기도 한다. 생애주기별로 좋은 책을 읽게 하고 이를 표현하는 방법을 일러주어 작가로 키우기도 한다. 나는 가진 재능이 많지 않기에 내가 겪은 경제활동에 대한 경험과 언어에 대한 접근법을 아이에게 일러주고 싶었다. 이것이 나중에 무형의 자산이 된다는 생각에서였다.

투자엔 성공도 있지만 실패도 있다. 나는 다행히 패가망신이 아니라 회복할 수 있는 실패를 했다. 쓰라린 실패를 두 번이나 해서일까? 지금은 부동산에 대해 많이 알고 땅과 건물을 보는 눈도 누구보다 밝다. 나는 시련으로 단단해지고, 실패를 통해 지혜를 얻었다.

나의 부자일지富者日誌

앞서 밝힌 대로 나는 일기와 메모를 꾸준히 해왔다. 메모 습관을 좀 더 계통적이며 목적의식적으로 만들어준 계기가 있었다. 바로 부자들이 기록한다는 '부자일지'에 대한 이야기였다. 2007년에 출간된 『한국 부자들의 부자일지』(한국경제신문사, 문승렬)가 스테디셀러가 된 지금은 많은 사람이 부자일지의 개념을 알고 있지만 내가 뚜렷한 목적의식으로 '일지'를 쓰기 시작한 15년 전에는 '부자일지'라는 단어를 알고 있는 사람은 극히 적었다.

『한국 부자들의 부자일지』는 자수성가한 10억 이상의 유동성 금융자산을 가진 자산가(부자) 600명을 10년 동안 만나 취재한 결과를 담고 있다. 저자는 부자가 된 사람들의 공통적 특질을 발견했는데 그건 바로 '남모르게 적는 그들만의 기록'이었다. 그가 만난 모든 부자는 일기쓰기와 메모를 꾸준히 했는데, 그들은 그날 얻은 정보를 모두 기록하고 기록한 내용은 이후 연구를 통해 더 깊이 파고 들어갔다. 주식정보와 부동산, 경제변동, 만난 사람의 이력과 특징, 업체에 대한 신인도 등 영역을 가리지 않았다. 그리고 그들의 메모에는 모두 자신의 '꿈'이 적혀있었다. 그 꿈은 추상적인 목표가 아니라 구체적인 경제적 목표였다. 그 경제적 목표를 달성하기 위해 부자들은 일별, 주별, 월별, 분기별, 연별로 나누어 목표를 세우고 실행프로세스를 작성해 이를 실천했다. 대기업들의 업무방식을 이들은 오래전부터 체화하고 있었다. 그들이 쓰는 부자일지는 늘 단 한 권이었다.

나는 이 책이 발간되기 전에 이미 수조 원의 자산가 몇 명을 만나는 행운을 통해 영감을 얻을 수 있었다. 그때는 단순한 소망기록이라고 생각했지만, 지금은 오히려 보편화된 '부자일지'라고 하는 게 적절해 보인다. 많은 사람이 부자를 꿈꾸지만 부자에 대한 시선이 곱지만은 않다. 흔히 졸부(猝富)라고 불리는, 자신의 땀이 아닌 불로소득으로 하루아침에 벼락부자가 된 사람이나 부모의 재력으로 '부의 세습'을 성취한 사람들에 대한 인식 때문이다. 노블레스 오블리주(noblesse oblige)라는, 사회적 지위에 걸맞은 공익에 대한 헌신이 없기 때문이다. 그러나 내가 아는 참된 부자 몇 분은 남모르게 일 년에 수천만 원을 기부하며, 검소한 생활을 지켜 재산의 사회 환원을 준비하고 있는 분들이다.

물론, 부자가 된다는 것 자체가 인생의 성공을 의미하지 않는다. 반대로 경제적으로 성공하지 못했다고 그 사람 삶을 실패한 삶이라 말할 수 없다. 우리 민족사를 보면, 수백 년 축적한 영남 제일의 갑부 집안이 일제 강점기 독립운동 자금을 대주며 엄동설한 신발 하나 못 구할 정도의 빈궁을 자처하는 경우도 있었다. 돈(자산) 자체에 어떤 의미가 있다기보다 그 쓰임새에 가치가 있는 것이다. 분명한 사실은 부자를 갈망하되 부자가 남의 이야기라거나, 부자를 경멸해선 절대 부자가 될 수 없다는 점이다. 자신의 입장부터 정립해야 부자의 길이 열린다.

부자일지를 기록하고부터 내 삶엔 변화가 생겼다. 무엇보다 삶의 목표가 분명해졌고, 이 목표를 실현하기 위한 구체적인 실행계획을 수립하기 시작했다. 예전에 '설마 내가 그렇게 되겠어?' 하며 일찌감치 접어두었던 꿈 역시 불가능해 보이지 않았다. 가능하다 생각하니 실천할 수 있었다. 목표를 세우고 이를 성취하는 기쁨은 중학교 배구선수 시절에 맛보았던 것들이다. 나는 처음엔 난에 집중해 좋은 난으로 키워 각종 대회에서 입상했다. 전시회에서 입상할 정도의 난은 그 가격도 수천만 원을 호가하니, 경제적으로도 큰 도움이 되었다. 삼성에 취직한 다음에는 늦둥이 막내를 업고 다니시던 어머니에게 "막내 대학등록금은 제가 어떻게든 만들어 볼게요." 하고 말씀드렸고 결국 이 꿈 역시 이루었다. 당시 회사에 대학생 학자금 대출제도가 있는 줄 모르고 대학 1학년까지 내가 등록금을 댔고, 이후엔 내가 장남이라 삼성중공업에서 학자금 대출을 받아 등록금을 대주었다. (지금은 이 제도가 없어졌다.) 신기한 일이었다. 목표를 적고 집요하게 추진하니 대부분의 꿈이 이루어졌다.

지금 나의 부자일지에는 내가 살아오면서 축적한 거의

모든 정보가 들어있다. 나의 취미, 공부, 재정, 부동산 등 없는 내용이 없을 정도다. 한때는 소나무에 흠뻑 빠져 고향 산 육송의 군락지를 지도로 만들기도 했다. 할미꽃 군락지와 꽃나무, 한약 나무 등, 내가 흥미를 느낀 다양한 지식과 정보를 기록했다. 지금은 손때가 묻어 번들거리는 내 부자 일지가 사실 내 보물 1호다. 정보로서 가치도 크지만, 무엇보다 정신적인 가치가 더 크다. 삶을 밀고 나가는 버팀목이 생긴 셈이다. 세계적인 투자가 워런 버핏과의 한 끼 식사가 작년엔 346만 달러에 팔렸다. 우리 돈으로 40억 정도다. 세 시간 동안의 식사가 정말 40억 정도의 가치가 있을까? 아니면 그저 돈을 주체하지 못하는 부자들의 허영심일까? 여전히 워런 버핏과의 식사를 위해 사람들이 줄을 서는 것을 보면 분명한 이유가 있을 것이다. 워런 버핏은 세 시간 동안 투자정보나 유망산업에 관한 이야기를 해주는 것이 아니다. 가족모임에서 인자한 할아버지들이 그렇듯, 그 사람의 이야기를 듣고 지혜로운 조언을 해줄 뿐이다. 가령 다음과 같은 것들이다.

'현명한 동료는 이렇게 판단하라.', '투자할 때엔 군중심리가 주는 압박에서 벗어나 시골에서 생각하라.', '상식적으로 생각하고 최종 판단은 독립적으로 하라.', '자신의 역량에 걸맞은 투자를 하라.', '이미 이루어졌다고 믿어라.', '믿음은 사업에서 가장 큰 에너지이며 성공의 원천이다.' 등. 얼핏 보면 누구나 할 수 있는 말 같지만 워런 버핏의 말을 경청하고 자신의 삶이 바뀌었다는 사람들이 많다. 투자의 귀재, 성공한 슈퍼갑부의 지혜라서 그럴까? 믿음의 힘이 사람을 변화시켰다.

『나는 갭 투자로 300채 집주인이 되었다』의 저자 박정수는 우리나라에 부동산 갭 투자 열풍을 몰고 온 주역이다. 그는 뛰어난 실적에도 불구하고 본인 의지와 상관없이 보험회사, 재무 설계회사에서 해촉당하자 그 스스로 부자가 되겠다고 결심해 부동산에 뛰어들었다. 전세가율(매매가 대비 전세금 비율)이 높은 주택을 큰돈 들이지 않고 전세를 끼고 사서 다시 파는 '갭 투자'에 뛰어들었다. 2,000만 원으로 시작한 그는 300채가 넘는 주택의 소유주로, 이제는 흔들리지 않는 부자가 되었다. 나는 박정수 씨와 만나고 싶어 작가의 사무실에 전화했더니 '100만 원을 입금하면 작가와 통화를 할 수 있다'는 대답이 돌아왔다. 당시 워낙 불경기에 주머니 사정이 어려워 포기하고 말았다.

결국, 사람을 변화시키는 것은 오직 사람이며, 자신을 변화시키는 것은 실천이다. '부자일기'가 나를 변화시켰듯, 나는 당신에게도 '부자일기'를 권한다. 지금 난 큰 부자는 아니지만 소박하게나마 내 집을 마련했고, 조금씩 성장하는 중이다. 잠자리에 누웠는데도 잠이 오지 않아 뒤척일 때 불현듯 좋은 생각이 떠오르면 예전의 나는 '기억해두어야지.' 하고는 그냥 잤다. 하지만 지금은 다시 불을 켜고 부자일지에 적는다. 다음 날 부자일지를 보면 그 상념의 정체가 다시 실체를 드러낸다. 지금 이 순간에도 수없이 많은 기회가 우리를 스치고 있다.

내 인생의 윤활유, 그림

지금은 타계한 화가 장욱진(1917~1990)의 그림을 본 적 있는가? 미술을 잘 모르는 사람조차도 웃음 짓게 만드는 매력이 있다. 얼핏 유치원생의 그림 같기도 한 그의 그림엔 해학과 온정, 유년시절의 기억이 그대로 배어 있다. 우리나라 서양화 1세대인 그는 서양화에 자신의 추억을 그대로 입혀 향토색 짙은 독창적인 작품을 그렸다. 지금은 돈을 주고도 못 구하는 그림들이다. 5호 정도의 그림이 몇 억을 호가한다. 그림이 사람에게 위안을 준다는 것을 나는 고 장욱진 화백의 그림을 보고 체험했다.

나는 어렸을 때 그림을 무척이나 못 그렸다. 초등학교 시절 붓으로 '푸른 산 맑은 물'을 가지런히 써서 제출한 적 있는데 선생님은 잘 썼다며 교실 뒤 게시판에 붙여놓으셨다. 이때 나는 내가 그림에도 재능이 있는 줄 알았다. 하지만 야외에서 여름철 풍경화를 그려보았는데 유치원생보다 못 그렸다. 하지만 나는 그림을 좋아했다. 거제도에 정착하자 나는 거제도 화가들과 친분을 쌓으며 그들의 그림을 사 거실이나 방에 걸어두고 감상하곤 했다. 그림에 문외한이었던 내가 점차 그림에 대한 안목이 생긴 계기였다. 옛 산수화에도 흥미가 생겨 서울 인사동에서 감정위원들을 만나 옛 그림들을 관찰하고 연구하면서 조예가 생겼다. 지금은 '진품명품'이라는 TV 프로그램에 나오는 고화(古畫)의 감정가를 거의 정확하게 맞춰 함께 TV를 보던 아내가 놀라곤 한다. 골동품이나 도자기는 그다지 취미가 없는데 그림에는 몰두할 수 있었다. 보너스를 받으면 지역 화가들의 그림이나 병풍화(屛風畫)를 샀다.

나는 특히 전남 곡성의 아산 조방원 선생의 추경화를 매우 좋아했다. 아산 선생은 우리나라 남종화(南宗畵)의 큰 맥으로 분방한 필치 속에 옛것의 명맥을 살려 새로운 수묵담채화의 세계를 여신 분이다. 난 이분의 그림을 두 점이나 사서 감상했다. 남종화는 사대부들의 철학과 시상을 그림에 담아 표현하는 것에서 출발해 시와 그림, 서예가 모두 어우러진 화풍이다. 전업으로 그림을 연구해 화려한 기법을 발전시킨 사실적인 북종화(北宗畵)와는 달리 뜻과 남종화는 철학을 중시해 과감한 생략과 암시를 주는 화풍으로 발전했다. 이 두 문파는 나중엔 붓을 사용하는 방법마저 달리했다. 대표적으로 추사(秋史) 김정희는 추사체(秋史體), '세한도(歲寒圖)' 등으로 조선의 화풍이 이미 중국을 넘어섰음을 입증한 대표적인 남종화가이다.

나는 우리나라 최고의 화가인 이왈종 선생님의 그림에도 빠졌다. 그는 동양화로 화가생활을 시작했지만 나중에 서양화의 기법을 빌려 동양적 공간구성을 하는 독특한 작품을 선보였다. 그의 그림을 보면 색감이 화려하고, 등장인물이 모두 정겹다. 그림엔 격렬한 자극도 다툼도, 고통도 없으며 제주의 자연과 사람의 일상이 너무나 평화롭게 채색되어 있다. 제주에 사는 그는 자신의 작품철학을 늘 '중도中道'라고 설명했다. 왈종 선생님의 중도는 양극단을 넘어선 평화와 화합, 공동체의 자유를 뜻한다.

나는 선생님을 뵙고 싶어 여러 방면으로 수소문했다. 결국 따님과 통화할 수 있었는데 나는 '선생님의 그림을 너무나 좋아하는 거제도 사람인데 그림 한 점을 구할 수 없겠습니까?' 하고 간청했다. 하지만 따님은 이쪽 그림계통은 잘 모른다고 하며 전화를 끊었다. 나는 다시 화랑협회 등 여러 경로를 통해 결국 10년 전에 선생님의 전화번호를 입수하는 데 성공했다. 나는 이때 인터넷에 나온 '노래하는 역사' 시리즈 중의 한 점을 구했다. 이 그림에 대해 왈종 선생께 말씀드리니, 선생은 꽤 좋은 작품이니 팔지 말고 소장하고 있으라고 말씀하셨다. 선생님을 꼭 뵙고 싶었지만, 선생님은 유명한 한국 최고의 화가시고, 주변에 선생을 따르는 사람이 많아 선뜻 용기를 내지 못했다. 번잡하게 여기실까 싶어 망설였다. 나는 계속 안부전화를 드려서 지금은 1년에 한 번 정도 만나 막걸리를 나눌 수 있는 사이가 되었다.

나는 4년 전 서귀포에서의 첫 만남을 잊지 못한다. 선생님은 막걸리를 좋아하셨고 그림을 그리는 시간에는 어떤 전화도 받지 않으시고 작업에 몰두하셨다. 왈종 미술관 3층을 방음 처리해 미공개 작업실로 사용하고 계셨다. 선생님과 함께 노란 귤들이 주렁주렁 달린 배경으로 기념사진을 찍어 잘 보관하고 있다. 선생님은 이제 젊은 사람들이 겁이 난다고 하셨고 항상 긍정적인 생각을 가지라고 조언도 하셨다. 선생님의 인자한 성품과 사람을 끌어당기는 매력에 나와 아내는 반하고 말았다. 선생님은 해마다 유니세프에 고액의 기부를 하셨는데 유니세프는 선생님께 아너스 클럽 회원이라는 명예를 선사했다. 유니세프 아너스 클럽은 1억 이상의 고액 기부자들의 클럽이다. 선생님께서는 작년 아이티 어린이를 돕기 위한 '유니세프 영양 사업 후원 판화전'을 열기도 하셨다.

삼성중공업에서 차장으로 재직할 때 해양공사사업을 위해 프랑스의 설계전문회사에 출장을 간 적 있다. 그림과 예술품에 대한 안목이 높아지던 때라 나는 프랑스 출장을 고대했다. 프랑스는 예술과 낭만이 어우러진 가톨릭 국가 아닌가? 프랑스에 도착해 주말을 기다려 아침에 눈을 뜨자마자 지하철을 타고 찾아간 곳이 몽마르트르 언덕이었다. 지나가는 할아버지에게 영어로 길을 물어도 영어로 대답했다. 몽마르트르 언덕에서 본 파리는 도시 전체가 하나의 마법의 예술 도시 같았다. 둥근 파리 시내가 한눈에 들어왔다. 거리의 화가들이 호객했고 나는 비록 돈은 없지만 자화상을 주문했다. 화가는 대충 얼마간 스케치를 하더니 돈을 요구했다. 지금도 그 자화상을 보관하고 있지만 만일 그곳에 간다면 피하는 편이 좋다.

오래 기다리고 별렀던 오르세 미술관과 루브르 박물관을 찾았다. 어마어마한 대작들이 전시되어 있었다. 루브르 박물관의 전시물을 모두 보기엔 시간이 부족했다. 레오나르도 다빈치의 걸작 '모나리자' 앞에선 줄을 서서 기다릴 정도로 많은 사람들이 모여 있었다. 창살로 작품을 보호하고 있었는데 작품을 보는 순간 정말 걸작이라는 탄성이 나왔다. 또한 르누아르의 '피아노 치는 소녀'도 너무나 아름다워 지금도 그 광경을 잊을 수 없다. 역사적 걸작을 사진이 아니라 직접 보면 화가의 붓 터치 하나하나가 쌓여 거대한 역작을 탄생시켰음을 체험할 수 있다.

오르세 미술관은 건물 자체가 예술품이었다. 미술관에는 100호 정도 크기의 여성성기 그림이 있는데 너무나 사실적인 표현에 당황스러웠다. 그러나 이를 보고 있는 사람은 나밖에 없었고 다른 관람객들은 무관심한 듯 스쳐 갔다. 만일 이런 그림이 한국의 미술관에 전시된다면 사람들은 어떤 반응을 보일까 생각하니 웃음이 나왔다.

세상엔 경이로운 것들이 많지만 나는 수천 년 인류가 축적해온 문학과 예술이야말로 놓쳐선 안 되는 빛나는 유산이라고 생각한다. 클래식 음악과 그림, 문학작품이야말로 늘 가까이 둘 수 있는 인류의 유산이다. 이를 감상하는 데 그리 큰돈이 드는 것도 아니다. 번잡한 일상 속에서 문득 집어 든 시집이나, 커피 한 잔과 클래식 음악, 침묵 속에 바라보는 장엄한 화폭……. 이것과 함께 하는 삶은 얼마나 아름다운가. 문학과 예술이야말로 영혼을 가장 풍만하게 만들어주는, 인생의 윤활유 아닐까?

새벽 5시의 세상

나는 매일 새벽 5시에 일어난다. 새벽 6시엔 이미 회사에 도착해 오늘 할 일을 점검하거나 책을 읽는다. 일찍 일어나는 습관은 군대 시절부터 시작해 제대해서도 유지했다. 회사에 입사해선 성공하기 위해 공부해야 했고 약간의 짬도 활용해야 했다. 내가 잠에 취해 늦게 일어나거나 휴일을 느긋하게 즐기는 건 상상하기도 싫었다. 나는 스스로에게 늦잠을 용납하지 않았고 게으름은 나에게 가난과 실패와 동의어였다. '게으르면 가난해진다.'라는 것이 나의 소박한 신조였다. 회사 생활 당시 나는 외신 텔렉스를 담당했는데 장문의 텔렉스가 외국 선주나 선급에서 접수되면 모두 읽어 관련 부서에 배포하는 역할이었다. 최소한 새벽 5시에는 회사에 도착해야 안정적으로 일을 마감할 수 있었다. 이 습관은 30년이나 이어지고 있다. 고치려 해도 이제는 잠이 오지 않는다.

일찍 일어나는 습관을 가진 우리 직원들도 마찬가지다. 항상 일찍 오는 직원은 일찍 온다. 그들은 일찍 출근해 샤워하고 든든히 아침을 챙겨먹고 하루를 연다. 새벽 일찍 출근하면 의외로 혜택이 많다. 굴곡이 많은 뻥 뚫린 도로를 자유롭게 주행하며 짧은 시간에 회사에 도착한다. 회사 주차장은 언제나 텅 비어있다. 신선한 새벽공기는 덤이다. 업무시작 전까지 세 시간의 여유시간을 명료한 정신과 기분 좋은 긴장으로 보낸다. 규칙적으로 일어나 든든하게 아침을 먹으니 건강에도 좋다. 나는 이렇게 늘 준비된 하루를 시작한다.

명절, 고향엔 여동생 내외도 모이는데 매제들이 늦잠 자는 것을 보신 아버지는 이를 눈에 티끌같이 여기셔서 잔소리하셨다. 부모님도 게으르면 가난해진다는 생각을 평생

지니고 사셨다. 나는 고향 집 뒷집의 비참한 가난을 보며 게으름을 경계했다. 고향 뒷집의 부부는 일하지 않았다. 지붕에 비가 새고 독에 양식이 없어도 늦게 일어나고 술자리를 마다치 않았다. 공터라도 가꿔 곡식이라도 키우면 좋으련만 그 집 식구는 해가 중천에 뜬 이후에 하나둘 일어났다. 먹거리가 없으면 강에 나가 고기를 잡아 팔며 연명했다. 한 번은 뒷집 아주머니가 우리 집 부엌에서 어머니의 허락도 없이 부뚜막에 걸터앉아 솥뚜껑을 열어놓고 밥을 먹는 모습을 보았다. 어린 나이에 본 그 광경이 잊히질 않았다. '얼마나 배가 고팠으면 체면도 없이 남의 집 양식에 손을 댈까?'

뒷집은 가난했기에 동네의 어려운 사람 사연에 관심이 없었고, 도와주지도 않았다. 또 부락 공동체의 노동에도 동참하지 않았다. 자식은 여러 명이었는데 그 부부는 자식들을 초등학교도 졸업시키지 않고 객지의 일터로 보냈다. 지금 고향 뒷집은 흔적도 없이 사라졌다. 부모가 자식에게 줄 수 있는 좋은 유산은 부지런한 부모의 모습이다. 그래야 자녀도 게으름에 대한 경각심을 가지고 생활력을 키운다.

난을 채집하러 전라도와 경상도를 다니다 보면 무수히 많은 마을을 거쳐 간다. 가던 중 폐가를 발견하면 이 집의 식구들은 성공해서 도시로 갔을까, 망해서 뿔뿔이 흩어졌을까, 하는 생각부터 든다. 고향 뒷집의 기억이 새겨져 폐가만 봐도 서글퍼지는 것이다.

새벽 5시 전에 일어나는 습관은 이제는 굳어져 고칠 수가 없다. 직원들은 아무래도 대표의 이른 출근을 부담스러워 할 수 있지만, 회사의 규율을 건강하게 유지하는 효과도 있다. 그러니 굳이 고칠 필요가 있을까 싶다.

상석上席을 피하라

어느 책에서 읽은 문구다. "만일 당신이 여러 사람이 모이는 잔치에 초대받거든 부디 상석에 앉지 마라. 상석에 앉은 당신에게 주인이 와 '이 자리는 다른 어른의 자리니 당신은 저기 아래에 가서 앉으시오.' 하면 큰일이다. 반대로 당신이 아랫자리에 앉아 있을 때 주인이 '왜 여기 앉아계십니까? 선생님은 저 위에 앉으셔야 합니다.' 하면 다행이다. 세상 이치는 이와 같다."

사회적으로 크게 성공하고 사람들의 존경을 받는 어른이 허리를 90도로 숙여 인사하고, 끝까지 예의를 잃지 않는 모습을 보면 나는 정말 대단한 분이라고 생각한다. 나도 저렇게 할 수 있을까? 사람이 살아가며 자신을 낮추고 겸손함을 유지하는 일은 어렵다. 권력자라고, 재산이 많다고, 심지어 권력자와 가깝다는 이유로 사람들 위에 군림하며 마치 자신의 지위가 인격적 지위라는 듯 유세(有勢)하는 사람들을 보면 비위가 상한다. 조직의 수장 역시 마찬가지다. 기업의 대표자라고 해서 인격이 훌륭한 것도 아니고, 자치단체장이라고 해서 일선 공무원보다 더 잘살았다는 근거는 없다. 문제는 많은 이들이 자신의 사회적 지위와 자기의 인격 수준을 동일시한다는 거다. 그래서 아랫사람을 막 대하거나, 웬만한 사람들 정도는 가르침을 하사할 대상으로 여긴다. 이런 이들은 존경받기 어렵다. 비록 측근들은 그에게 비위를 맞춰주며 입안의 혀처럼 굴지 모르지만 이는 참된 존경이 아니다. 자세를 낮춰 겸손하라는 말은 그저 늘 굽실거리는 비굴과는 차원이 다르며, 또한 속은 그렇지 않으면서 겉으로만 겸손을 과장하는 위선과도 다르다. 과장된 겸손엔 진정성이 없다.

조선 중기 노학자였던 퇴계(退溪) 이황(李滉)과 소장 학자였던 고봉(高峰) 기대승(奇大升) 간의 논쟁은 지금도 우리에게 가르침을 준다. 기대승은 처음 이황의 사상이론에 매료되어 배웠다. 12년간 기대승은 이황과 서신을 교류하며 학문을 논했다. 얼핏 스승과 제자 간의 따뜻한 내용일 것으로 생각할 수 있지만, 그중 8년은 양자 간 치열한 논쟁의 기간이었다. 기대승은 스승 이황의 '사단칠정(四端七情)'의 관념체계를 비판하며 '이기이원론(理氣二元論)'을 비판했다. 크게 보면 서양의 데카르트, 로크, 칸트와 같은 사상가들의 철학논쟁이었다. '세계와 인간', 그 본질 규명을 위한 철학논쟁이 조선에서 꽃을 피웠다. 퇴계 이황은 당대 최고의 학자였음에도 젊은 기대승을 학문적 권위로 억누르거나 조롱하지 않았다. 그는 진지하게 답변했고 거꾸로 물었으며, 때로는 기대승의 반박을 긍정하는 모습을 보여주었다. 동양철학의 최고봉을 장식한 이 논쟁은 퇴계의 겸손함과 기대승의 학문적 치열함으로 가능했다. 8년이라는 기간도 엄청나지만, 나이와 사회적 지위를 떠난 두 학자의 예의 바른 진검승부를 서양 철학자들이 경이롭게 받아들인다. 이들은 서로, 나이와 학문적 지위, 사회적 권위에서 벗어나 오직 학문적 진리를 놓고 논쟁했다. 지금으로부터 400년도 더 된 이야기다.

대학교수가 조교를 자신의 종 부리듯 하며 연구비는 물론 연구 성과까지 갈취해 문제가 되는가 하면, 지방 토종기업의 회장이 운전기사에게 상습적인 폭언, 폭행을 일삼아 결국 대국민 사죄를 하는 모습을 본다. 경제 강국이 되었지만 문화와 정신에서는 여전히 천민자본주의의 씁쓸한 민낯이 보인다. 인간존중이라는 사상이 사라진 사회는 만인이 만인과 투쟁하고 오직 자신의 이익을 위해서 남을 짓밟아야 하는 사회다. 지하철의 자리 하나를 놓고 투쟁하고, 머리가 희끗한 노인을 보고도 자리를 양보하지 않는 젊은이가 당당한 세상이다. 가방을 맡겨도 귀중품이나 지갑을 도둑당할까봐 두려워 마음이 쓰인다.

송강 정철 선생의 시가 갑자기 생각이 난다.

이고 진 저 늙은이 짐 벗어 나를 주오.
나는 젊었거니 돌이라 무거우랴
늙기도 설워라커든 짐을조차 지실까.

정말 지금은 이런 시가 전혀 어울리지 않는다. 우리가 어릴 때는 이고 지고 시장을 보러 가는 노인들이 있으면 짐을 받아 옮겨주는 것이 당연했다. 이렇게 해주면 어느 마을 어느 아들 어느 손자가 선행을 베풀었다고 소문이 퍼졌다. 윗대가 못하면 아랫대는 욕을 먹지 않았으나 아랫대가 못하면 윗대는 반드시 욕을 먹었던 시대였다.

그동안 살아오며 나는 눈물을 아꼈다. 강하게 살았고 험한 세상 고단한 하루를 넘기기 위해 일했다. 눈물은 나약함의 상징이었고, 울기 전에 살아남기 위한 방도를 떠올리며 몸을 던졌다. 그러나 60줄에 들어서니 슬픈 일, 기쁜 광경을 보면서도 눈물이 난다. 더 깊이 느끼되 입은 닫고 마음은 열어야겠다는 생각을 한다. 어느 모임에 가니 나이가 들수록 말이 많아지는 나이 드신 분들을 보게 된다. 역시 옛말이 맞구나 생각했다. 잔이 비어도 신경 쓰지 않고 남의 말을 끊어가며 자기 자랑에 열을 올리는 노년을 보며 나는 저렇게 늙지 말아야지 하는 경각심이 생긴다. 나이가 들수록 남의 말을 경청하고, 오히려 호주머니를 열어 아랫사람을 대접하는 멋진 노인이 되고 싶다. 윗사람이나 아랫사람이나 예(禮)를 알고, 겸손함을 지키는 이가 적으니 오히려 자기 낮춤과 겸손함이 귀한 시대가 되었다.

산상수훈山上垂訓 앞에서

인류 역사상 가장 많이 보급되고 읽힌 책이 성경이다. '성경 중의 성경'이라고, 지금까지도 인류에게 영적 자극을 주는 대목은 마태복음의 산상수훈(山上垂訓)이다. 기독교의 대헌장이기도 하고, 주기도문이 탄생하게 된 배경이기도 하다. 사막에서 마귀에게 시험당한 예수께서는 제자를 모으셨다. "너희는 고기 낚는 어부가 아니라 사람을 낚는 어부가 되어야 한다." 갈릴리를 지나며 사람들이 몰려들자 산에서 가르침을 주셨다.

당시 기존 유대교의 율법과 가치관에 얽매어있던 군중에

게 예수께서는 혁명적인 가르침을 주셨다. 내 생각엔, 당시 군중들이 가장 충격적으로 받아들였던 대목은 "원수를 사랑하라.", "왼뺨을 맞으면 오른뺨도 내주어라.", "구제를 할 땐 왼손이 하는 일을 오른손이 모르게 하라."는 말씀이 아니었을까 생각한다. 당시 유대인들은 이웃은 사랑하되, 원수에겐 반드시 보복해야 한다는 전통적인 관념을 가지고 있었다. 이는 율법 체계에도 반영되어 '눈에는 눈, 이에는 이'라는 것이 당대 사람들의 보편적인 이치였다. 하지만 예수는 '너희는 지금까지 그렇게 들어왔겠지만 앞으로는 그리하지 말라.' 하시며 당신 말씀이 율법의 참된 완성이라고 설교하셨다.

이런 혁명적인 사상을 베드로는 온전히 이해하지 못했다. 베드로가 예수께 물었다.

"형제가 내게 죄를 범하면 몇 번이나 용서하여 주리까? 일곱 번이면 되겠습니까?"

예수는 단호하게 답하셨다.

"일곱 번이 아니라, 일곱 번씩 일흔일곱 번이라도 하라."

심지어 예수께선 형제를 비판하지도, 정죄하지도 말라 하셨고 죄를 짓고 회개하는 일을 하루에 일곱 번 반복해도 하느님께서 너희에게 그러듯 일곱 번 모두 용서하라고 하셨다. 그리고 너희가 이리하면 하느님 역시 같은 방식으로 너희 죄를 용서하실 것이라 하셨다. 심지어 교회에서 사람들의 근심을 불러일으키고 비난받은 사람이 생기자 예수는 '너희가 그를 용서해도 그가 너무 많이 근심할 것을 내가 근심한다.' 하시며 죄지은 자의 마음조차 안아주셨다. 얼마나 어려운 말씀인가? 성경이 세계의 오지까지 보급되고, 곳곳이 십자가의 물결이지만 여전히 인류는 예수께서 말씀하신 본뜻에 이르지 못했다.

내가 거제에서 집을 장만해서 살 때 있었던 일이다. 우린 3층에 살면서 이웃집 형님 되시는 분과 매우 친하게 지내왔다. 소주 한 잔도 기꺼이 나누며 호형호제했으니, 참 따뜻한 시절이었다. 형님은 우리 집 뒤의 집을 허물고 4층짜리 건물을 올렸는데 건축과정에서 소음과 분진은 말도 못했다. 매일 그 찌꺼기를 치우면서도 형님과 얼굴을 붉히지 않았다. 심지어 신축과정에서 우리 집 주차장이 파손되었지만 그러려니 했다.

하지만 내가 키우고 있던 진돗개 '진주'가 사건의 발단이 되었다. 나는 진주를 무척이나 아껴, 난을 채집하러 갈 때마다 동행했다. 멧돼지와 어두운 밤길이 두렵기도 했기 때문이다. 진주는 영리하고 충직한 개였다. 산에 오르면 언제나 사주경계를 하며 주인을 기다렸고, 이상한 낌새가 있으면 먼저 으르렁거리며 나를 보호하려 했다. 진주와 함께라면 두렵지 않았다. 한번은 진주를 데리고 거제도 한내리 마을에 산책 갔는데, 돌아올 시간이 되었다. 진주는 산책이 즐거운 나머지 아무리 재촉해도 차에 오르지 않았다. 30분을 실랑이했지만 그날따라 진주는 아무리 달래도 차에 오르지 않았다. 너무 지쳐 차에 올라 그냥 가려는 시늉을 하자 그제야 진주는 내 손에 들어와 차에 태울 수 있었다. 진주와의 애틋한 추억이다.

이웃 형님은 개 짖는 소리를 못마땅해했다. 소리도 나고 개털이 날린다며 불평해서 나는 서둘러 입양을 보내기 위해 수소문하고 있었다. 아무리 말 못하는 개라지만 그간 키운 정을 생각하면 차마 할 수 없는 짓이었다. 하지만 형님은 조금도 기다려주지 않았다. 시청 근무경력을 이용해 민원을 넣었고, 바로 시청 직원들이 우리 집을 조사하고 갔다. 형님의 민원은 한 번에 그치지 않았다. 결국 나는 진주를 시골 부모님 댁에 보낼 수밖에 없었다. 입양 보내는 날 얼마나 가슴이 아프던지……. 진주는 이제 커서 열한 살인데, 얼마 전 고향 집에서 만났을 때 변변한 개집도 없이 불결한 환경에서 묶여 지내고 있었다. 가장 가슴 아팠던 것은 나를 보고도 못 알아보는지, 아는 체 안 하는 것이었다. 버림받은 슬픔 때문인지, 정말 기억이 안 나서인지 답답하기만 했다.

진주를 보내고 나는 이웃 형님에 대한 분노가 폭발했다. 신축 공사 때 우리 집 주차장을 망가뜨린 것을 당장 수리하지 않으면 조치하겠다고 했고 형님은 수리 공사를 해주었다. 이제는 얼굴을 마주쳐도 인사조차 나누기 어려운 사이가 되었다. 진정 서운했던 이유는 조금만 기다려줘도 해결할 수 있었는데 민원과 송사의 방식으로 겁박했다는 점이었다. 예수께선 속옷을 욕심내면 겉옷까지 벗어주라고 하셨지만 나는 이 작은 일 하나에도 이웃 간 얼굴을 붉히고 말았다.

이런 면에선 나는 늘 아내에게 배운다. 아내에겐 덕이 있어 갈등이 생겨도 먼저 참으며 원만하게 해결하곤 한다. 아내는 참고 때로 손해 보는 삶의 방식을 지혜라고 믿는 듯하다. 내가 노여움에 쌓이면 아내의 보드라운 성품이 오히려 나를 돌아보게 만들어 부끄러움을 느끼곤 한다. 삶에서 대부분 재앙은 두 가지에서 나온다고 믿는다. 하나는 탐욕이고, 또 하나는 분노다. 모두 무절제에서 나온다.

우리 집안은 원래 불교집안이었다. 나는 절에도 가고 개신교회에도 가보았지만 결국 천주교 신자가 되었다. 성당에 나가면서 장애우를 위한 이동봉사도 하고, 요양원 노인 목욕 봉사도 하며 비움과 봉사의 기쁨에 눈을 뜨게 되었다. 레지오 마리에(Legion of Mary) 모임에도 매주 참가한다. '레지오 마리에(Legion of Mary)'는 성인이 된 평신도들이 공동체를 향한 봉사와 헌신을 실천하는 행동 모임이다. 예수께서는 친족이나 형제를 사랑하고 안식일을 지키는 것은 누구나 할 수 있는 것이라고 하셨다. 모르는 이웃을 위한 헌신과 희생이 가치 있으며, 원수를 사랑하는 데까지 이르러야 한다고 하셨는데 어려운 말씀이지만, 이 높은 경계가 나의 삶을 성찰하도록 한다.

세례를 받은 이가 성당에 나가면 반드시 고해성사를 해야 한다. 고해성사는 신자가 자신의 죄를 인식하고 진심으로 통회하여 신부님께 고하는 것이고, 신부님은 보속(補贖)을 주어 기도와 사랑의 실천을 하며 회개할 수 있도록 도와준다. 고해를 들은 신부님은 신자의 비밀을 목숨을 걸고 지켜야 한다. 죄가 있음을 알면서도 고해성사를 하지 않았다면 미사에 참석하지 못하고, 또한 미사에 참석했더라도 '성체(聖體)'(밀떡)을 모시지 못한다. 천주교에서의 회개와 죄 사함의 원리는 마음속으로 주님께 회개한다고 끝나지 않는다. 반드시 고해성사와 이에 따른 보속이 기다린다.

고해성사는 내가 살아오며 간음하지 않고, 정절을 지키는 등 10계명에 충실할 수 있도록 잡아주었다. 탐닉과 유혹은 일순간 강렬하지만, 순간 고해성사와 미사를 생각하면 차마 그럴 수 없었다. 신부님께 들은 '화살기도'도 큰 도움이 되었다. 정식기도 방법은 아니지만, 위급한 순간 마음속으로 간절히 요청하는 기도를 화살기도라고 한다. 예수께선 기도의 방법을 일러주셨는데 중언부언하지 말고 큰 소리로 하지 않으며, 골방에서 홀로 본심으로 할 것이며, 헛되이 맹서하지 말라 하셨다. 하느님에게 기도하되 예수 그리스도의 이름으로 하라 하셨다. 그러나 화살기도는 그저 위기 순간 간절한 마음으로 하면 된다. 이 역시 주님이 들으신다고 하니 얼마나 축복인가. 하지만 위기의 순간 하느님과 그리스도를 먼저 떠올리며 화살기도를 할 수 있는 사람은 평소에 마음이 준비된 사람일 것이다.

무엇이 '죄'인가? 이에 대한 가톨릭과 사회의 기준은 다르다. 사회의 실정법은 적극적 죄, 즉 타인의 재물을 훔치거나 상해를 입히거나 하는 것을 처벌한다. 하지만 가톨릭(기독교)에선 십계명은 물론 주님의 가르침을 지키지 않는 것도 해당된다. 그리스도는 네 이웃을 사랑하라고 하셨다. 나와 이웃, 인류가 가장 많이 들어왔으면서도 실천하지 않는 가르침이다.

모험으로 성장한다

나는 어려서부터 호기심이 많았다. 그중 가장 신비로운 것은 바로 태양이었다. 저 뜨거운 태양은 무엇으로 만들어졌을까? 왜 작아지지도 않고 땅으로 떨어지지도 않는 것일까? 아직 행성의 운동과 지동설을 배우지 못한 어린 나이였지만, 중세 과학자들이 품었던 근원적인 질문을 했었다. 태양이 너무 멀면 지구가 얼고, 태양이 너무 가까우면 모든 것이 불타오를 것인데, 어떻게 지구라는 별은 태양으로부터 절묘한 위치에 자리 잡았을까? 이런 호기심은 사물현상에 대한 탐구심을 넘어 체험하지 않은 길을 과감히 걷는 모험심으로 이어졌다. 모험심이라 해서 극지방 오지를 탐험하거나 비행기에서 자유낙하를 하는 것만이 있는 건 아니다. 자신이 가지 않았던 미지의 길을 과감하게 걷고, 어려워 보이는 일도 우선 몸을 들이밀어 체험해보는 것도 모험이다.

모험은 '도전', '혁신'이라는 말과도 통한다. 난 모험의 반대말은 '관성'이라고 생각한다. 사람의 몸과 정신은 태생적으로 보수적이기에 몸을 단련하고, 정신을 연마하지 않으면 도태된다. 매일 익숙한 하루를 열고, 안전한 일을 선택하며, 몸이 편한 방향으로만 사는 것이 관성이다. '생각하는 대로 살지 않으면 사는 대로 생각하게 된다.'는 경구는 진리다. 모험과 도전을 즐기는 이들과, 그렇지 않은 이들의 삶은 현격한 차이를 보인다. 자수성가하거나 자신의 분야에서 일가를 이룬 사람들의 공통점은 도전을 통해 체험하고 안목을 길렀다는 것이다. 어려워 보이는 길, 남들이 가지 않는 길, 때로는 외롭고 고단해 보이는 길을 과감히 선택하는 자에게 미래가 있다.

글 솜씨가 전혀 없고 표현력이 약한 내가 옛글들을 모아서 책으로 만들고 싶다는 생각도 모험을 선호하는 기질 때문이 아닌가 여겨진다. 노는 것밖에 모르던 공고 출신의 배구선수가 영어, 일어, 기계설계에 뛰어들 수 있었던 원동력이 바로 나에 대한 긍정성과 할 수 있다는 모험정신이었다.

오늘 슬픔이 클지라도
來日을 위해
과감하게 살자

나의 좌우명이다. 사람이 실패와 시련을 겪으면 사고방식도 자연스레 안전 지향적으로 바뀐다고 한다. 내일의 태양이 아니라 당장 오늘의 안위가 절박하니까. 하지만 나는 사람이 오늘이 아닌 내일을 위해 살아야 한다고 생각했다. 그러자면 과감해져야 하고, 미래의 꿈을 위해 오늘은 도전할 수 있다고 생각했다.

요즘 부모님들이 아이들을 훈육하며 가장 많이 하는 말이 '하지 마!'라고 한다. 아이의 안전을 생각한 부모들은 끊임없이 '하지 마!'를 주문하는데, 문제는 청소년기가 되어 미래를 탐색하는 기간에도 남들이 가는 보편적인 길을 주문하며 자녀의 적극적인 도전을 막는다. 이런 세태에 신선한 충격을 주고 있는 고등학교가 있는데 바로 경남 거창 고등학교다. 인성교육으로도 유명하지만, 학력도 좋은 학교다. 이 학교 강당 뒤편엔 '직업선택의 십계'라는 액자가 걸려있다.

거창 고등학교 직업선택 십계

1. 월급이 적은 쪽을 택하라.
2. 내가 원하는 곳이 아니라 나를 필요로 하는 곳을 택하라.
3. 승진의 기회가 거의 없는 곳을 택하라.
4. 모든 조건이 갖추어진 곳은 피하고 처음부터 시작해야 하는 황무지를 택하라.
5. 앞을 다투어 모여드는 곳을 절대 가지 마라.
6. 장래성이 없다고 생각되는 곳으로 가라.
7. 사회적 존경을 바랄 수 없는 곳으로 가라.
8. 한가운데가 아니라 가장자리로 가라.
9. 부모나 아내가 결사반대를 하는 곳이면 틀림없다. 의심치 말고 가라.

10. 왕관이 아니라 단두대가 기다리고 있는 곳으로 가라.

인성교육에 매진하겠다고 결심한 전영찬 전 교장은 이 십계명을 만들며 학생들에게 '무엇이 되는가가 아니라 어떻게 살 것인가?'라는 근원적인 질문을 던져주고 싶었다고 한다. 그 자신이 박정희 장기집권에 반대하며 폐교 직전까지 간 거창고를 지켜낸 의인이었다. 이 '직업 십계'는 사실 대부분의 학부모가 결사반대하는 방향 아닌가? 하지만 이 십계에는 진정한 삶의 가치가 들어있다. 즉 어떤 삶이 좋은 삶인가에 대한 철학적 성찰이 깃들어 있다. 물론 이 십계명을 곧이곧대로 받아들이면, 일부러 별 볼 일 없는 가장 자리에서 시련만을 겪으라는 뜻으로 오독(誤讀)할 수 있다. 또한 모든 거창고 졸업생들이 위의 십계를 따라 도전한 것도 아니다. 하지만 거창고 졸업생들은 이렇게 말한다.

"우리는 거고 출신이 지은 다리는 무너지지 않고, 거고 출신 판사의 판결은 정직할 것이며, 거고 출신 공무원은 비리에서 자유롭다고 믿는다."

학교에서 배운 직업선택 십계는 성인이 된 그들에게 여전히 영혼의 기둥이 되고 있다.

현대그룹의 총수였던 정주영 명예회장은 숱한 어록을 남겼다. 그중 부하직원이 기억하는 가장 뜨끔한 말 두 개가 있다.

"이봐, 자네 그거 해봤어?"
"고정관념이 항상 멍청이를 만든다니까?"

하긴, 정주영 회장은 들이밀기의 달인이었다. 후발국가의 열악한 기술 수준이었지만, 고속도로를 깔고, 선박과 자동차를 만들었으며 중동에서 사막의 기적을 보여주었다. '정주영 공법'이라고 들어봤을 것이다. 80년대 서해안 간척지 사업 당시 둑의 최종 물막이 공사가 강한 조류로 난항을 겪자 대형 폐유조선을 침몰시켜 물막이 공사를 완성해 세계적으로 '유조선공법', 별칭 '정주영 공법'을 인정받았다. 안 해본 일, 어려운 일을 앞에 두고 불가능하다고 말하는 직원에게 정 회장은 "이봐, 자네 그거 해봤어?"라고 물으며 타박했다. 물론 정 회장의 밀어붙이기 사업이 항상 빛을 본 것은 아니었다. 현대의 밀어붙이기 사업은 부작용도 낳았다. 그는 '모험'과 '용기'를 강조했지만 치밀한 '타산'도 강조했다. 즉, 새로운 도전이 성공을 담보하는 것이 아니라 치밀한 타산과 준비가 성공을 담보한다는 것이다. 모험과 모험주의와의 차이점이다.

이런 정 회장이었기에 1998년, 소 1,001마리를 이끌고 방북하는 역사적인 장면을 만들 수 있지 않았을까? 그는 통 크게 소와 사료를 북한에 보내며 소를 실었던 100대의 현대 트럭을 북에 주고 왔다. 소가 아닌 돈이었다면 그런 감동을 자아낼 수 있었을까? 그해 최초의 금강산 관광이 시작되고 현대아산은 금강산 관광개발에 대한 독점권과 석유 공동 시추권을 따냈다. 아마 경협이 더 이어졌으면 고가의 자원인 텅스텐과 희토류까지 확보했을 것이라 보는 전문가들이 많다. 그는 분단국가에서 최초로 휴전선을 넘는 방북을 성사시켰다.

처음 가는 길은 무엇이든 어렵다. 실패의 가능성이 늘 도

사린다. 분명한 건 도전해야 이것이 가능한지, 불가능한지를 알 수 있으며 직접 겪어봐야 개선점을 찾고 더 강해질 수 있다는 것이다.

내가 꿈꾸는 나라

서울올림픽이 열린 해인 1988년, 나는 기술연수를 위해 한 달간 일본의 조선소에 가있었다. 지금은 우리 기업이 일본을 압도하는 영역도 많지만, 당시엔 그렇지 않았다. 우리가 배워야 하는 시절이었다. 특히 중공업 영역의 기업체에선 엔진과 같은 핵심부품은 일본에서 수입하고, 각종 기술라이센스 협약을 통해 조금씩 일본을 따라잡으려 안간힘을 쓰고 있었다.

일본의 거리는 깨끗하며, 지하철에선 너 나 할 것 없이 책을 읽었다. 기업체의 직원들은 모두 메모가 생활화되어 있고 작은 선물을 주며 배려하는 것도 몸에 배어 있었다. 사업장이든 작업공간이든 모든 공구와 장비는 계통적으로 정리 정돈되어 있었다. 교통문화는 규범과 양보가 생활화되어 있어 나는 일본에서 승용차를 타고 다니며 단 한 번도 위험한 순간을 겪지 않았다. 주차문화도 남다르다. 승용차 차고지 증명제로 주차공간이 없으면 아예 차를 구입하지 못한다. 아침 청소봉사와 같은 주민자치조직도 잘 발전해 있는 나라가 바로 일본이다.

일본의 후쿠오카 공항에서 부산 김해공항으로 돌아오자마자 느끼는 소음과 혼란스러움은 아마 일본에서 거주하다 돌아온 이들이면 공통적으로 느끼는 듯하다. 물론 선진국이라고 모두 청결한 것은 아니다. 뉴욕과 파리의 골목은 쓰레기 천지며, 밤이면 사이렌 소리로 요란하다. 외진 곳에선 몸조심을 해야 한다. 일본이 유별난 것이라 할 수도 있다. 최근에는 일본 시내도 쓰레기로 몸살을 앓는 것을 보았다. 전후 3세대인 젊은이들은 부모세대와 문화 관념이 다르다. 하지만 여전히 일본인에겐 '남에게 실례되는 짓은 하지 마라'라는 엄격한 사회적 불문율이 있다.

우린 36년간의 일본의 점령을 받았고, 해방 이후에도 일본은 과거사에 대한 진지한 사죄와 청산을 하지 않았다. 같은 전범국(戰犯國)이었던 독일이 나치 전범을 끝까지 추적해 역사의 심판을 받게 하는 모습이나, 수상이 정례적으로 유대인 학살현장에서 참회의 눈물을 흘리며 아이들에게 철저한 반(反)나치교육을 시키는 것과는 정반대의 모습이다. 독도마저 한국정부가 불법점거를 하고 있다며 자국민을 선동하는 터라 일본에 대한 우리 국민의 감정이 좋을 수 없다.

하지만 일본의 좋은 점은 반드시 배워야 한다. 그들이 아시아에서 최초로 근대화에 성공할 수 있었던 이유는 자신을 정확히 보고 강한 나라를 배우려 했기 때문이다. 그때만 해도 일본의 사무라이들은 자신의 힘을 과장하지 않았고, 민족 감정으로 불가능한 것을 가능하다 하지 않았다. 서구 열강의 산업과 군사력에 압도당한 나머지 '천황을 지키고 일본을 일으키자'라는 메이지유신(1867, 명치유신明治維新)의 성공 때문이다. 사무라이들은 10척도 안 되는 군함의 함포공격에 전율했고 영국의 검은 연기를 품어대는 거대한 공장을 보기 위해 밀항했다. 민족적 위기 앞에서 강한 나라를 배우고자 했다. 서구열강의 거의 모든 것을 국가발전의 모델로 삼았다. 변두리 일본이 서구를 추앙하고 아시아 국가를 미개한 후진국가로 여기며 근대국가, 제국주의로 탈바꿈하게 된 계기였다.

일본에겐 역사의 혜택도 있었다. 서구열강은 일본보다는 중국에 눈독을 들였고, 청나라를 섬기던 조선은 각축장이 되었다. 일본은 안정적으로 나라의 시스템을 바꿀 수 있는 시간을 얻었다. 조선왕실이 일본군대를 끌어들여 보국안민(輔國安民), 척양척왜(斥洋斥倭)의 깃발을 앞세우며 진격하던 동학농민군을 진압한 것이 1894년인데, 정확히 16년 후 조선은 국권을 일본에 넘겨주었다. 메이지유신 43년만의 일이었다. 일제 패망 후 5년 만에 터진 한국전쟁은 일본의 전범기업을 회생시키며 일본이 수출형 기업국가로 비약할 수 있게 한 계기였다.

일제는 조선인에게 끊임없이 민족성(民族性)에 대한 악랄한 이론을 주입했다. '조선 엽전은 때려야 말을 듣는다.', '조선인은 세 명만 모이면 당파를 형성해 분열한다.'는 등,

한국인의 주체성을 말살하기 위한 식민통치에 전념했다. 이런 '저열한 국민성에 대한 신화(神話)'는 일본을 선진문명국으로, 한국을 낙후된 후진국으로 인식하게 만들었다. 일제 지배를 순리로 받아들이게끔 만든 이론이다. 한 국가의 경제 · 문화적 차이를 국민성의 차이로 설명하는 이론은 제국주의 국가들의 진부한 사상전(思想戰)에 불과하다.

한국은 1948년 입헌국가를 수립했고, 실질적인 민주화를 이룬 지는 30년도 채 되지 않았다. 전쟁의 폐허 속에서 작은 나라가 세계 10위권대의 경제국가로 일어선 것은 세계사적 관점으로 보면 가히 혁명적인 일이다. 우리 민족이 낙후된 국민성을 가졌다면 어떻게 이것이 가능했겠는가? 한국인의 저항적 주체성과 독립심은 세계 최고다. 모두가 일제에 숨죽였던 시절 터진 3 · 1독립만세운동은 아시아 전체를 진동시켰다. 오죽하면 인도의 국민시인 타고르가 조선을 동방의 타오르는 횃불이라 추앙하고, 중국에서 조선을 배우자며 대대적인 반일운동이 촉발되었겠는가?

그러나 한국의 미래는 밝지만은 않다. 가장 큰 장애물은 인구절벽이다. 일본의 인구는 1억 2700만 명이 넘고, 중국이

13억 7천만을 넘어섰다. 한국이 5천만 명, 북한이 2천 5백만 명이다. 결혼을 해도 아이를 낳지 않는다. 아이를 낳아 기를 수 있는 사회적 기반이 없다. 양극화와 성장둔화로 사회적 구매력은 소진되었고 지금 30대의 가처분소득으론 집 마련은 물론, 아이들의 정상적인 양육조차 쉽지 않다. 인구절벽은 그 나라의 경제적 절벽을 의미한다.

일본은 메이지유신을 통해 위로부터의 개혁에 성공했고, 비교적 안정적인 산업기반도 확보했다. 내수시장도 한국과는 비교할 바 없이 크다. 전문가들은 G2국가 중국이 10년 후엔 미국을 추월하고 세계초강대국이 될 것이라 전망한다. 한국의 지도자는 미래를 준비하고 있는가? 미, 중, 러, 일의 틈바구니에서 우린 언제까지 샌드위치 분단민족으로 살아야 하는가? 헌정사상 초유의 대통령 탄핵으로 어수선한 이때, 한국의 정치가 정말 우리 사회를 이끌어나갈 역량이 있는지 답답하기만 하다.

양심은 무너지지 않는다

1994년 10월 21일 아침 7시 40분, 거짓말 같은 뉴스가 흘러나왔다. 서울 성수동과 압구정동을 잇는 성수대교가 무너져 내렸다. 방송국 헬기가 찍어 송출한 장면은 비현실적으로 보였다. 다리 상판 48m가 칼로 썰어낸 듯 없어졌다. 버스, 승합차를 포함 차량 여섯 대가 상판과 함께 추락했다. 버스로 등교하던 여고 학생을 포함해 시민 49명이 차와 함께 추락했고 그 중 32명이 사망했다.

이후 당국의 조사를 통해 밝혀진 사실은 사고만큼이나 처참했다. 원인은 한두 가지가 아니었다. 대한민국의 총체

적 부실이었다. 정부는 단가를 후려쳤고, 시공사는 이익을 내기 위해 자재를 아끼고 하도급에 재하도급 공사를 했다. 기술력이 없었지만 트러스식 신공법으로 건설했고, 이를 검증할 수 있는 기술력조차 없었다. 트러스 연결이음새의 용접은 10mm 이상이어야 했지만 모두 8mm 이하였다. 강재, 볼트, 연결핀도 부실했지만 감리사는 그냥 넘어갔다. 심지어 녹슨 트러스는 페인트칠로 숨기기까지 했다. 동부간선도로가 개통되자 교통량은 늘었고 과적차량은 성수대교를 질주했지만 누구도 이를 통계화해 위기를 경고하지 않았다.

사건 당시 나는 삼성중공업 품질경영부 검사원으로 일했다. 사건은 나에게 큰 경각심을 주었다. 국내외 삼성이 건설하는 철골구조물에 대한 검사를 내가 담당하고 있었기 때문이다. 성수대교도 결국 시공과 검사의 부실에서 시작되었고 형식적인 안전평가와 관리소홀로 무너졌다. 건축에서 검사는 마지막 생명선 역할을 한다. 복잡한 고난도의 설계가 요구하는 수만 개의 구조물을 하나씩 점검해 OK 사인을 받아야 다음 공정으로 넘어간다. 특히 건축물의 뼈대를 이루는 철골구조물에 대한 검사는 감리의 핵심이다.

삼성중공업의 검사원으로 일하며 국내의 웬만한 대형철골구조물은 모두 내 손으로 감리했다. 해외로는 워싱턴 컨벤션센터가 비교적 큰 건축물이었고, 국내 구조물은 셀 수 없을 정도로 많았다. 방화대교, 청담대교, 가양대교, 원주대교 등 신기술이 적용되는 숱한 교량이 내 손을 거쳤다. 대표적으로 상암동 월드컵경기장의 대형루프트러스, 인천공항을 잇는 영종대교도 내 손을 거쳤다. 특히 아름답기로 유명한 통영대교를 맡아 일할 땐 자부심이 컸다. 인천국제공항에 있는 교통 센터는 예술적인 철구조물인데 해외출장을 위해 이곳을 통과할 때마다 뿌듯하다. 서울 일원동의 타워 팰리스는 대한민국에서 최초로 건설된 초고층 주상복합 단지다. 일곱 개의 마천루를 가진 최고의 명품 건축물이다. 외관의 아름다움 못지않게 단단하게 지었다. 상암동 월드컵 경기장의 대형 트러스는 방패연처럼 생겼는데 비파괴 검사를 전 영역에서 실시하고 확인하는 등 철저하게 검사했다.

인천 국제공항을 연결하는 영종대교는 어려웠던 IMF시절에 진행되어 회사에 효자노릇을 톡톡히 했다. 국내 최초의 강판 현수교로 도로 · 철로 범용 3차원 교량이다. 와이어만 6,720개가 동원된 고도의 기술력으로 탄생했다. 주탑과 다리 전체가 바다 정경과 어울리는 아름다운 다리다. 봄 · 여름 · 가을 · 겨울 모두 다른 빛깔의 조명으로 연출된다.

이 영종대교 건설 때 일본의 '조다이 감리회사'와 함께 일했다. 검사원인 아오따, 요시무라와 함께 일했는데 일본어로 모든 소통을 했다. 현수교와 하로 도로, 상로 도로를 품질검사를 할 때 일본 감리들이 얼마나 까다로운지 혀를 내두를 정도였다. 당시 일본은 교량공사에서 세계제일의 기술력과 경험을 확보하고 있었다. 1988년 일본 사노야스 조선소 연수시절에 세계에서 가장 긴 세토 오오하시 교량을 견학했는데 실로 대단했다. 교량의 미관도 빼어났지만 중간에 관광구역도 만들어 구경할 수 있도록 만들었다는 점이 놀라웠다.

조다이 감리사는 성수대교의 붕괴 이후 작업을 했기에

그들은 작은 결함도 그냥 넘어가는 법이 없었다. 요시무라는 서울에서 거제로 내려올 때 항상 삼성 전용헬기를 타고 왔다. 질문을 속사포로 던지면 나는 대답을 해야 했는데, 가끔 대답을 하지 못하면 고함을 치거나 무시하기도 했다. 꼼꼼한 완벽주의적 일 습관이 성격에도 묻어났다. 요시무라가 내려오면 나의 직장 상사는 아예 출근을 하지 않기도 했다. 그만큼 그는 사람을 몰아붙이고 괴롭히는 습관이 있었다. 성수대교가 붕괴된 직후라 한국의 기술진을 더욱 무시했다. 검사 시 별 이상이 없어도 그는 추가 작업을 지시했고, 용접이나 그라인더 작업 지시를 하면 나는 내심 일본에게 밀린다는 생각에 자존심이 상하기도 했다.

영종대교는 강교의 공차를 엄격하게 감리했는데, 겨울에는 철이 오그라들어 수축공차를 5/1000에 맞춰야 했다. 그만큼 엄정한 감리였다. 삼성중공업도 원칙과 매뉴얼대로 작업하는 칼 같은 기율을 자랑하는 기업이다. 하지만 일본인들의 작은 것도 놓치지 않고 메모하는 장점은 배울 점이었다. 고단했던 만큼 보람도 컸던 사업이었다. 영종대교의 모든 용접부위를 꼼꼼하게 검사했다. 지금 생각해봐도 요시무라의 콧수염은 예술이었다.

이제는 삼성중공업을 나와 대형선박의 내부 기계설치를 한다. 하는 일은 다르지 않다. 모두 생명과 연루된 일이다. 내가 했던 일은 대한민국 건축의 상징이었고, 공공안전의 보루였다. 서울이나 지방으로 출장을 갈 때 내 손때가 묻었던 교각이나 건물을 보게 되는데 무심코 지나칠 수가 없다. 거기엔 내 청춘의 땀과 눈물이 배어있다. 나의 작업물은 소멸하지 않는다. 백 년, 이백 년을 견뎌 시공과 감리가 완벽했음을 보여주는 내 양심의 기록이다. 대한민국의 양심이기도 하다.

양심으로 지은 건물은 절대 무너지지 않는다.

이것이 건축과 관련한 내 좌우명이자, 철칙이다. 건축가의 양심이 굳건한 이상 건물은 무너지지 않는다. 내 삶이 고단했지만 의미 있었다고 믿는 이유다.

당시 라인장으로서 이 지면을 빌려 방화대교 사업의 강

성민 검사원(현 선주감독), 인천국제공항 교통센터 사업의 임종봉 검사원(현 삼성중공업 부장), 그리고 상암동 경기장을 담당하며 비파괴 검사에 완벽을 기한 구형서 검사원(현 삼성중공업 반장)에게 감사의 인사를 드린다.

74년
오월의 기록

상주 종합고등학교 2학년 때, 나는 그렇게도 수학여행을 가고 싶었다.
없는 살림인줄 알면서도 아버지를 졸라 결국 설악 수학여행 기차에
오를 수 있었다. 진귀하고 아름다운 광경이 펼쳐졌지만 마음 한편엔
평생 노동을 해도 설악산에 올 수 없었던 부모님 생각에 따끔따끔했다.
목마르고 찬란했던 고교시절의 기록이다.

설악산 기행문
'1974년 오월의 어느 봄날에'

정희수(상주 종합고등학교 2학년)

시간의 흐름이 빠르다. 입학이 그저께 같은데 벌써 2학년이 된지 몇 달이다. 나는 2학년에 가는 수학여행을 꿈꾸고 있었다. 수학여행은 가을에 가야 제맛인데 봄철에 간다는 이야기를 듣고부터는 학교에 가는 것이 영 재미가 없다. 이런 느낌은 나만이 아니라 2학년 전체 학생 모두가 그런 듯하다. 5월이 되니 모든 식물이 파랗게 무성하고 또 어떤 곳에선 모내기 준비로 분주하다. 이제 수학여행도 며칠 남지 않았다. 초등학교 때 친구들은 중학교도 못 가고 취직해 돈을 버는데 나는 무슨 행운으로 이렇게 중학교도 졸업하고 고등학교까지 올라 왔는가를 곰곰이 생각했다. 고등학교 수학여행을 간다는 사실만으로도 나는 정녕 만족한다.

집으로 부모님께 서신을 띄웠다.

“2학년 전체가 여행을 설악산으로 갑니다. 저도 좀 보내주십시오.”

경비는 2박 3일에 4,500원이다. 부모님께선 학창시절이 끝나도 이다음에 기회가 있으니 가지 말라고 하셨다. 여행을 가지 말라는 부모님이 그렇게 서운하기만 했다. 고단한 농촌의 돈 문제 때문이구나 생각하니 단념할까 생각도 했다. 하지만 그건 아니다 싶다. 학교시절도 이제 클라이맥스에 도달하는데, 나는 꼭 가고 싶었다. 밤이 깊어도 잠은 오지 않았고 아무것도 생각하기 싫었다. 초등학교 4학년 때 문경 가은 봉암사, 그리고 6학년 때 김천의 직지사를 가본 경험은 있지만 모두 지리가 가깝고 국립공원이 아닌 곳이다.

여러 날을 뒤척이다 집으로 가서 마지막으로 부모님을 졸랐다. 그래도 별 호응이 없었다.

"아버지, 학교 전체 학생들이 모두 갑니다. 보내주십시오."

그제야 4,500원과 용돈 2,000원 남짓을 주시겠다고 하신다. 이제야 한숨이 놓인다. 긴장되었던 마음이 모두 풀려 드디어 안도감이 든다. 상주로 즉시 올라와 여행준비를 했다. 당장 내일 출발이지만 여행 가방에 들어갈 준비된 음식이라곤 전혀 없었다. 고모님께 김밥을 부탁드리고 시내로 나왔다. 만나는 아이들에게 무엇을 가지고 가느냐고 물으니 아무것도 필요 없다고 하는 아이들이 과반수를 넘었다. 거짓말 같기도 하였다. 우리 배구부 네 명은 사진관에 가서 카메라를 빌리고 필름을 샀다. 해가 저물어 집으로 오자 저녁 식사가 준비되어 먹고 나니 고모님이 물으신다.

"희수야, 정말 김밥만 가져가면 족하겠니?"
"다른 아이들은 아무 것도 안 가져간다고 합니다. 걱정 마세요."

다음 날 아침 8시, 학교 교정에 모여 교장선생님의 말씀을 듣고 기차역으로 갔다. 백을 어깨에 메고 교문을 나왔을 때는 정말 꿈같기도 하고 거짓말 같기도 하였다. 기차를 기다리는 시간이 어찌나 지루한지 얼른 목적지에 도착해 설악산의 절경부터 구경하고 싶었다. 만나는 얼굴들이 모두 반갑고 정답기만 하다. 여행은 우리 학교, 우리만 가는 것 같았다. 만나는 사람마다 우러러보니 "아, 정말 학생시절이 제일 좋구나." 하는 생각까지 했다.

기차가 상주에 도착했다. 우리는 줄을 지어 기차에 올라탔다. 그러나 일반인들과 같이 가게 되었다. 이제는 어수선하기가 짝이 없는 분위기이다. 기차에 올라타 가방을 모두 짐 싣는 곳에 얹어놓고 놀 준비를 하니 도저히 일반인들 때문에 신통치 않았다. 점촌까지는 같이 갈 모양이다. 상주를 떠날 때는 사고 없이 잘 갔다 오라고 마음속으로 빌었다. 기차가 점촌에 도착하자, 시간이 얼마 흐르지 않았음에도 배가 고파온다. 사람들이 드디어 내리자 우리는 모두 가져온 기타를 챙겨 들고 교복을 벗어 던지고 놀 준비를 했다. 다시 기차가 출발했다. 기타로는 인기 유행가를 치고 부르며, 한편으로는 박수를 치면서 들판을 달릴 때는 정말 모든 것이 우리만의 세상 같고 말 못할 정도도 즐거웠다. 앞에는 음주, 뒤에는 끽연까지 하니 더욱 더 들뜬다. 노래 부르며 손뼉 치니 배는 더욱 고파진다. 창밖의 들에는 드문드문 모심기를 하고 있다. 노래를 부르면서 들판을 달리는 기차, 근심으로 하루하루 살아가시는 부모님과 어른들은 우리를 보고 어떻게 생각할지 모르겠다.

'우리 집도 한창 모를 심겠구나. 그런데 나는 지금 여행길에 있으니 누구의 덕분인가?'

어느새 기차는 예천에 도착했다. 이곳은 초행이다. 마을 크기는 우리 점촌만해 보였다. 기차는 5분을 정차했다. 앞 객실에서 뒤 객실까지 가면 갈수록 길기만 하다. 완행열차는 작은 역까지 모두 정차했다. 거리로 환산하니 10분의 1도 못 왔다. 나는 문득 호주머니의 수첩이 생각났다. 그러다 보니 한번 놀자면서 달려드는 아이들. 나 역시 한번 놀아볼까.

"♪♬ 모두들 잠드는 고요함 이 밤에 어이해. ♬♪"

모두 지칠 시간이 되었다. 점심을 먹으라는 전갈이 왔다. 김밥이 생각났다. 김밥을 풀어 놓으니 아무것도 없이 온 아이들이 너나 할 것 없이 많다. 김밥은 금세 없어지고 나 역시 다른 아이 곁으로 가서 먹어버렸다. 밥을 먹고 나니 선생님 한 분이 들어오신다.

'담배랑 술 때문에 단속 나오셨구나!'

그러나 선생님은 아이 몇을 불러 노래를 시키셨고 모두 따라 불렀다. 자세히 보니 선생님 얼굴이 이미 붉게 물들었다. 선생님께선 "음주하고 싶은 녀석들, 먹어! 오늘은 봐준다." 하시며 허락하셨다. 그제야 마음이 놓인다.

작은 정거장을 거치고 거쳐 영주에 도착하였다. 영주 시내가 굉장히 넓어 보인다. 여기 오니 기차선도 많고 교통은 말할 수 없이 복잡하다. 저기 수학여행단이 있다. 서울 성심여고로 보였다. 많은 인원이었다. 우리와 같이 갈 모양이다. 사진을 한 장 찍고 싶었다. 찍고 나서 30분 후 영주역을 출발하였다.

많은 승객들이 모두 설악산에 갔다 오는 길인가 보다. 많은 관광차들이 붐빈다. 이젠 지칠 대로 지쳐서 노래는 물론 아무 소리 없고 또 잠을 자는 사람, 휴식을 취하는 사람 나 같이 풍경을 보면서 사색에 젖은 사람도 있다. 봉화군으로 다가서니 사람 살지 못할 산촌 같고 교통도 좋지 않아 다소 불편을 느꼈다. 산에는 진달래와 철쭉꽃이 함께 피어 우리를 반겨주고 밑으로 내려다보이는 초가집 뜰에는 신발들이 놓여있는데 마치 오순도순 이야기하는 것 같아 보인다.

기차는 긴 터널을 지난다. 이젠 곧 설악산이라도 들어가나 싶었다. "선생님, 이제 다와 갑니까?" 물으니 "참아! 참아." 하신다. 아직 멀었다.

기찻길 옆에는 아카시아 꽃이 피어서 향기를 선사하고 있었다. 창밖으로 손을 뻗어 찍어볼까 하다가 사고가 날까봐 삼갔다. 한참을 지나 작은 강이 보인다. 산촌일수록 맑은 물이 흘러야 하는데 먹물같이 뿌옇고 거무죽죽한 물이 흐르는지 고였는지도 분간 못할 정도였다.

'여기가 경북인가? 아니 강원도인가?'

아직 경북이었다. 이제는 지루하다. 몇 분을 자나 기차는 가파르고 험난한 산속 터널로 들어가기 시작했다. 여기서부터 기차를 스톱시켜 뒤에도 기관을 달아 운전을 앞뒤로 한다. 높은 산이라 기관 하나로는 해결이 곤란하다는 이유일 테지. 기차는 서행이다. 기찻길이 이리 꾸불, 저리 꾸불, 몇 번을 반복해 휘감아져 있어 기차는 안간힘을 쓰며 천천히 산을 기어오른다. 산에 군인이 보초를 서고 있다. 탄창을 허리에 메고 하늘로 향한 총구는 두렵기만 하다.

'아, 이 산중에서 군인들은 고향이 한없이 그립겠구나.'

용을 쓰던 기차는 맨 꼭대기에 올랐다. 맨 뒤에서 "저기 봐!" 하는 소리와 환호성이 들렸다.

'아! 정말, 대단하다!'

산 밑으로 아담한 도시가 보이고, 기찻길이 이리 저리 구불구불 이어져 있다. 산을 내려와 지나온 길을 다시 보니 산은 하늘에 닿을 듯하다. 도대체 기차가 저 산을 하루에 몇 번이나 넘을까?

이젠 드디어 강원도다. 여행엔 여행의 맛이 있어야 하는데 너무 지쳤다. 힘을 모두 어디로 소진했는지 신도 모를 것이다. 열차는 기적소리를 내며 지치지 않고 한없이 달린다. 앞에 조그만 도시가 보인다. 탄광촌인데 모두가 검기만 하다. 산중에 이름 모를 여자 고등학교가 있다. 수업이 끝난 듯 아이들이 나오고 있었다. '아, 정말 이런 곳에서 생활할 수 있을까?' 이런 생각이 절로 들었다. 여기는 버스, 택시도 구경 못할 곳이다. 열차가 잠시 쉬는 동안 여기저기서 웅성거렸다. 무언가를 판다고 하는데 자세히 보니 엽서다. 설악산과 동해바다의 가경 등이었다. 정말 이젠 다 왔는가 보다 싶었다.

기차가 다시 잡음을 내며 출발한다. 지금까지의 지루한 기다림으로 인한 아쉬움이 모두 씻어지는 듯하다. 험난한 산을 지날 때에는 바위가 무너질까 두려울 정도였다. 이젠 경북을 지나 강원도 땅이다. 이곳의 사투리는 어떨지 궁금했다.

석양이 깔린 작은 마을에 도착했다. 작은 동생들이 기찻길 옆에서 놀고 있다.

"얘들아, 여기는 강원도 어디니?"

그러나 때마침 스치는 바람소리 때문에 대답을 알아듣지 못했다. 산기슭마다 밭을 만들어서 농작물을 가꾸고 있다. 다시 기차는 열나게 달리고 있다. 기차가 돌아칠 때 뒤쪽 객차의 차량 숫자를 헤아리니 모두 열한 개였다. 뒤에도 어떤 학교인지 수학여행단이라고 플래카드를 붙였다. 우리 역시 붙였으나 별 신통치 않았다.

해가 지고 어두움이 내려앉아 열차 앞을 막는 듯하다. 이제 준령을 넘으면 바다라도 보일 것 같은 환상조차 들었다. 가도 가도 마을은 나타나지 않는다. 여기가 어딜까? 어두움은 적군같이 따라온다. 멀리서 불빛이 찬란하다.

'저기가 아, 북령인가 보다. 아, 이젠 바다. 바다!'

늘 TV와 영화로만 보았던 바다를 실제로 처음 본다. 가져온 카메라로 찍으려 했지만 어두워 잘 나올 리가 없었다. 이젠 아무것도 보이지 않을 정도의 어두움 속에 파도의 포말만 하얗게 일고 있다.

바닷가에는 군인 형들이 총구를 하늘로 향하고 보초를 서고 있다. "군인아저씨 수고 하십니다!" 하니 "오! 여행 가는군." 하기만 했다. 계속 바닷가를 따라 철로가 놓여있다. 군인들이 보초를 서지만 또 한편으로는 나무총을 쥔 허수아비 군인을 세워놓았다. 평화로운 나라는 아직 멀다. 꼭 전쟁을 해야겠는가?

한참 지나니 어느새 달이 떴다. 바닷가를 따라 집집마다 전깃불이 찬란한 빛을 낸다. 저 불빛 아래 오순도순 가족들의 이야기꽃이 핀 것 같다. 계속 오르니 묵호다. 큰 배가 보인다. 묵호읍에 친척 되는 분이 있다는 것이 생각났다. 하지만 찾아볼 수 없는 일, 망각해 버리자. 묵호 시내가 정말 꽃밭 같기도 하다. 묵호를 떠나 열차는 다시 전진, 또 전진이다. 다시 작은 기차역에 잠시 멈추었다. 이젠 저녁 8시에 가깝다. 그래도 구경이 좋아선지 배고픔을 몰랐다. 여기서 조금만 가면 경포대라는 안내방송이 나왔다. 조금 후 경포대역에 도착을 했다. 차에서 짐을 검토한 뒤 하나 둘 내리기 시작하자 주변이 어수선하다. 단번에 고향이 그리운 것 같고 마치 외국에 유학이라도 온 듯하다. 때마침

경포대의 하늘에 달이 떠 우리를 반겨준다.

경포대역 근처 강호여관이라는 곳을 찾았다. 동해바다 인근이라 좋았다. 여기서 1박을 하나 보다. 방 한 개에 일곱 명씩 들어갔다. 가방을 챙겨 정리하고 저녁상을 보게 되었다. 해변인지라 반찬들이 이름 모를 고기에 모두 식물성이었다. 반찬만 먹어도 배가 부를 정도이다. 저녁을 마치고서 밖에 나가려 하니 여관주인이 해변에 나가지 말라고 하였다. 무슨 소린가 했더니 바닷가에 접근하면 군인들이 해안에 침투하는 간첩인 줄 알고 암호를 불러서 답신이 없으면 총으로 쏜다고 한다. '아 정말이구나!' 하며 다시 여관으로 들어왔다. 5월이라 아이들 발에서 무진장 냄새가 풍긴다. 많은 아이들이 몰려 수도 하나에 양말과 발을 씻으려 하니 복잡하기만 하다. 발을 씻고 나서 들어와 선생님 몰래 음주를 하면서 놀기 시작했다. 11시쯤 우린 내일 새벽에 일출을 보아야겠다며 누웠다. 난생 처음 오는 바닷가에서 일출을 본다니. 마음이 설레 서로 일출 이야기를 하다 언제 꿈나라로 갔는지 모를 일이다.

아침 일찍 일어났다. 하필 구름이 끼어있는 것 같다. 세수를 하려고 하니 신발이 도망쳤다. 찾고 다시 찾아도 없어 알아보니 여행 온 여관객이 착오로 신고 갔다는 것이다.

'여기 손님도 어수선한 짓을 하나 보다!'

내 신발을 신고 있는 사람의 것을 얼른 다시 빼앗아 경포대 앞 바다로 갔다. 해는 아직 떠오르지 않았다. 모래알이 무척 좋고 깨끗하다. 이젠 일출이 시작된다. 불그스름한 해가 떠오르는 바닷가는 온통 시끄럽다. 여기저기서 환호성과 사진을 찍는 아우성이 들린다. 얼마 후 해는 우뚝 솟아버렸다. 통통배에 올라 사진을 찍고 나서는 여관으로 다시 오는 길이었다. 이름 모를 여고생들도 일출 보려고 어정어정 나왔다. 우린 여관에 와서 아침을 먹고서는 서서히 가방을 챙겼다. 선생님께선 기분 좋은 목소리로 외치셨다.

"야! 이젠 설악산으로 행차하자!"

초등학교 4학년 때 말로만 듣고 배웠던 경포대. 여기의 소나무는 쑥쑥 곧은 것과 구부려진 것들이 모여 울울창창하다. 앞으로 조금 나오니 경포대가 한눈에 들어선다. 건너 편 바다 안쪽으로 원형의 맑은 호수가 들어서 있다. 우리 학교 버스 두 대가 왔다. 경포에서 설악으로, 명승에서 명승으로 이젠 여유 없이 달린다. 모두가 아스팔트 도로라 버스는 마음껏 달린다. 조금 가더니 차는 큰 길을 벗어나 다시 정차한다. 왜 이럴까 보았더니 율곡 선생과 어머니 신사임당의 고택이었다. 율곡이 태어난 방과 그림을 보았다. 강릉 오죽헌이다. 율곡 선생께서 그린 그림은 교실만 한 크기의 공실에 가득 진열장처럼 마련되어 있었다. 옛날 솜씨는 과연 다르구나. 어떻게 하면 저렇게 그렸을까? 나 역시 궁금증이 생겼다. 여기서 사진을 찍었다. 집 둘레를 돌까 싶어 뒤로 구경을 갔더니 대나무가 꽉 차 무성히 자라고 있다. 그리고 모든 글씨가 한문이라서 학생인 우리는 도저히 뜻을 밝힐 수 없게 되기도 하였다. 오죽헌에서 10분, 우린 다시 차에 올랐다.

아스팔트 도로가 옆에는 보기 좋은 소나무들이 자라고 있다. 쾌속으로 질주하는 버스 안에서 우리 식구와 함께 이런 가족여행을 하면 얼마나 행복할까 생각했다. 아버지와 엄마 그리고 동생까지 꼭 구경 왔으면 좋겠다고 생각하였다.

이제 차가 산맥을 향해 굽이쳐 올라간다. 앞뒤에 관광객과 수학여행단을 실은 관광버스가 끝없이 줄을 이어 달리는 모습은 어찌나 즐거운지 이루 형언할 수 없다. 띄엄띄엄 산촌에 집이 보이다가 그것도 이젠 아름다운 절 같기 만한 작은 별장들이 한두 개 보였다. 시간은 아직 오전 10시가 조금 지났는가 보다. 우리 학교차는 두 대뿐인 것이 부끄럽기만 하다. 정신없이 고개를 넘고 넘으니, 저 멀리 큰 간판에 '38선'이라고 쓰여있다. 차가 정차하자 모두들 내렸다. 바다 옆 북쪽 땅, 즉 38선이라는 곳이다. 사진을 한 장 찍고서 다시 차에게 몸을 실었다. 여기서 조금 달리니 주문진이란 곳이 나온다. 해변이라 가정마다 생선을 말리고 있어 냄새는 차 안에까지 풍기는 듯하였다. 여기는 기차 구경을 할 수 없는 곳이다. 낙산사로 가는 도중이라고 한다. 아, 낙산사 엽서에도 처음 보이는 곳. 험난한 산으로 올라가더니만 작은 정거장에 차를 세웠다. 차에서 내리는 우리를 향해 배지, 타올 등 기념품을 사라고 달려들어 호객하는 상인들 때문에 시끄럽기도 하고 날씨는 후덥지근하다. 철에 안 맞는 동복이 원망스럽기도 하고, 찌는 듯한 날씨 탓도 해본다. 산길을 내려가다 보니까 작은 과수원에는 흰 이화가 만발하였다. '타성에 오니 모든 것을 다 보고 가는 것이구나!' 여기가 낙산사, 그러나 경치는 별로 신통치 않았다. 낭떠러지 하나만이 겁이 났다. 밑을 내려다보니 이렇게 큰 나도 우물쭈물하여진다. '저리가면 일본, 아니 울릉도에 가는가! 아!' 모든 바위 아니 모든 나무까지 어우러진 경치가 한없이 좋아진다. 바다 근처 별장이 오순도순 모여 있고 낙산사 밑에는 미역 따는 사람이 보였다. 우리도 미역을 만지러 내려가는 참인데 선생님께선 "야 가자구나!" 하신다. "에이, 아~" 서둘러 미역을 따자 하며 지체 없이 달려 내려갔다.

바닷물을 손으로 떠 맛을 보니 짜다. 미역과 다시마를 따서 건졌다. 얼른 가지고 왔다.

"집합! 야, 여기서 사진 찍고 간다!"

선생님 말씀을 듣고 보니 사진 찍을 만한 경치다. 찍기 싫은 사진이었으나 몸 균형을 잡아 폼을 냈다. 사진을 찍고 이동하니 다시 정거장이다. 또 다시 타기 싫은 차를 타야 설악산에 갈 수 있다. 가도 가도 설악산은 보이지 않았다. 여기서는 미개인이 사는 것처럼 조금 험한 길이었다. 먼지는 차가 지나갈 때마다 이루 형언할 수 없을 정도로 일었다. 그래도 뒤차는 우리 차를 뒤따른다. 보니 산이 크기가 저렇게 클 수가 있을까? 차는 자꾸 달린다. '이제는 20㎞쯤 가면 되겠구나!'

조금 더 가니 '설악산'이라는 안내도가 한눈에 거창스럽게 보인다. 이제 여기는 벌판이다. 아주 옛적에 싸움으로 인하여 다리가 단절된 채 아직 우뚝 솟아 있는 장면도 보였다. 다시 여기서부터는 아스팔트길이다. 멋진 길이다. 차가 고속으로 질주하니 여행 와서 사고라도 날까 두렵기만 하다. 이젠 준령을 넘고 높은 물을 건너온 보람이 생기는 듯하다.

산이 높고 험하고, 숲이 우거지고 또 이상한 새소리가 들리기도 한다. 조금 더 아스팔트길을 따라 오르니 높은 산에서 서서히 작동하고 있는 노대의 케이블카가 보인다. 한국에서 제일 큰 것이다. 조금 더 오르니 높은 산에 막혀 보이지 않고 있다. 도대체 높기는 왜 저리 높을까?

금령여고 수학여행단 차가 열한 대 보였다. 이름 모를 학교가 너무 많아 여행온 재미는 어디론지 소진됐다. 설악산

바로 밑에 작은 시내가 있다. 여기서 여관을 잡아 오늘 1박 숙식을 요하나 보다. 여관은 맑고 맑은 큰 도랑을 등지고 있다. 사진기를 쓸 때가 왔다. 여관에 가방을 던지고 줄을 지어서 설악산 쪽으로 향하는 발걸음이 가볍다. 처음에는 웅장한 산악이 보이고 옆에는 무슨 꽃인지 크게 만발하여 더욱 먼 곳에서 온 우리, 아니 여행객들을 반겨주는 듯하다. 올라가는 도중 벌써 구경을 끝내고 내려오는 학교의 학생들은 수없이 많았다. '인원이 굉장이 많구나!' 우리는 카메라도 네 명꼴에 한 대면 많을 줄 알았는데 큰 오산이었다. 한 사람당 한 대씩 가지고 있었다. 기타도 물론이었다. 각자 자기 소유였다. 구경을 요구하는 곳마다 약간의 돈을 주고 출입해야 한다.

이젠 높은 산길을 올라가나 보다. 크나큰 도랑이 흐르는 곳이라 더위에 젖은 몸을 가끔 씻으면서 위로 올라갈 수가 있었다. 올라가다 지쳐 우린 외친다.

"그만 올라갑시다!"

선생님은 되받으신다.

"뭐라고? 위에 올라가야 구경거리가 있을 테지. 따라온!"

'야~ 결사적으로 가자구나.' 올라가는 길이 좁은데다 구경을 마치고 오는 사람들과 시비라도 붙을 듯 복잡하기만 하다. 정말 너무 많은 탓인지 산이 열을 내고 있다. 굽이굽이 흐르는 도랑물이 정말 얼마나 아름답고 맑은지 향기로운 냄새를 풍기고 있다. 더구나 여기는 초행인데 여러 번 와본 듯 나의 길로 변해 버리는 듯싶다.

산나물 장수, 사이다 장수, 물장수가 길옆에 쭉 늘어놓고 "학생들! 이것 사!" 하는 소리가 모처럼 나에게 불쾌감을 던져준다. 흘러내리는 물을 이용하여 물방아에다 장구를 치게 만들어 놓고 노래 부르는 것을 장치해 돈벌이를 하고 있다. 글쎄, 이런 명승고적에 어울리지 않는다.

가도 가도 산길, 이젠 다리가 아프다. 굽이치는 길옆에는 아까 밑에서 본 도랑이 점점 좁게 흐르고 있다. 이젠 중간을 넘은 모양이다. '조금 쉬었다 가자.' 쉬고 있던 도중 옆으로 주루룩 흐르는 것은 땀이었다. 대학생으로 보이는 형들이 여덟 명가량이 구경을 마치고 내려오고 있다. 곁에 가보니 건국대학교 형들이었다.

봄 여행이 가을에 비해서 별다른 흥미가 없는 이유는 단풍구경을 하지 못하기 때문이다. '앞에서 걷기 시작하여 할 수 없이 올라가는 여학생도 갈 수 있는데 나는 못 갈까?'

힘을 내 따라가자 높은 지대에 바위가 왜 저렇게 크고 장엄한지 형언할 수 없을 정도다. 나만 그렇게 느낀 것이 아니다. 바위 밑이 이젠 가까워진다. '여기가 흔들바위 있는 곳인가 보다.' 여기 올라와 아래를 내려다보니 밑은 보이지 않고 내려갈 일만 걱정된다.

우선 둥글게 보이는 것은 없고 높은 바위가 사각형을 하고 있다. 높이는 17m 쯤 될까? 옛 글씨, 한문으로 해석 못할 말만 쭉 쓰여 있었다. 옆으로 가보니 흔들바위가 바위 위에 그래도 장엄하게 얹혀있다. 얼른 뛰었다. 여기도 역시 바위 위에 한글이 쭉 적혀 있었다. 흔들어보니까 흔들리지 않았다. "흔들바위가 아니구나?" 하며 세 명이 달라붙어 흔들어보았다. 이제야 흔들흔들, 장정이 흔들면 곧 넘어갈 것 같은 느낌이다. 여기서 사진을 찍고 싶은데 너나없이 "여기서 찍자!" 하며 몰리는 아이들 때문에 찍지 못하겠다. 나도 한 틈 끼어서 찍고 나니 다른 아이들이 큰 바위 밑 굴에서 바가지로 무엇을 떠먹기 시작한다. 나도 달려가서 바가지를 들어 한 모금 마시니 얼음같이 차갑고 속이 시원해 한 주걱 더 마셨다.

밖으로 나오니 또 바위 밑으로 들어간다. 그 안에 절이 있나 보다. 기역자로 꺾어서 들어가니 부처가 있었다. 무서운 감동이 생겨서 얼른 나왔다. '야, 우리 한국에도 이런 곳도 있구나!' 하며 그저 놀랄 뿐이다. 이제 내려왔다. 경치가 장엄한 곳이라 전교생이 앨범에 넣을 사진을 찍기로 했다. 또 조금 있으니 흔들바위로 가고 싶고 다시 만지고 싶었다. 이젠 내려가면 다시 올 수 없는 이곳인가 생각이 들었다. 곁에 가서 있으니 다람쥐 떼가 많다. 잡으려 하다가 떨어질까 삼갔다. 흔들 덜컹, 하는 바위는 초등학교 국사책에서 배운 그대로 흔들흔들 거린다. 이제 구경할 곳은 울산바위다. 위로 한없이 올라야 한다.

이젠 올라갈 힘이 없다. 이제 그만 내려가자고 했다. 구경도 좋지만 힘들구나. 케이블카를 설치해서 편하게 구경하는 세상이 되기를……. 여관으로 오는 도중 또 이름 모를 학우를 만났다. 우리가 갔다 오는 길로 행차하는 것이다.

내려와서 여관으로 왔다. 올라오는 길인 학우가 무수히 많은지라 지친 몸을 이끌고 열을 식히고 내려왔다. 여관에 오니 저녁이 완료되었다. 식사를 하고 여관에서 마이크를 얻어 '콩쿨대회' 비슷하게 장막을 설치해서 노래를 부르면서 놀았다. 놀다가 이것도 지루해지자 시내로 나가고 싶었다. 이제 해는 지고 어두워졌다. 어둡기도 하고 쌀쌀했다. 시내는 전깃불 때문에 밝기만 하다. 인도 옆 상점에는 선물용으로 좋은 것이 눈을 끈다. 좋은 것을 고르는 아이들이 상점마다 빽빽이 있었다. 나는 작은 타올 하나를 샀다. 인도 옆 의자에 앉아있는데 늦게 올라온 여행단인가? 기분이 좋게 줄을 지어서 올라온다. 우리가 길을 막았다. 막으면서 "어디에서 옵니까?" 하니 '밀양 모고'라고 엉뚱한 답신을 던진다. 또 뒤에 잇달아 달리는 여고생들, 계속되는 대열에 남고생 무리는 없다. 또 뒤에 광주 중앙여고생들…….

이젠 선생님께서 우리를 부르신다. 우린 각자 방으로 가서 '한번 놀자!' 하며 손뼉을 치며 노래를 불렀다.

"내일은 금강굴에 간다."

지친 우리는 어느새 잠이 들었다. 벌써 아침이다. 비누와 칫솔을 가지고 뒤에 있는 큰 도랑으로 갔다. 벌써 대구 정화여고가 세수를 하고 있다. 우리가 밀고 들어가 쫓아버리니 우리판이 되고 만다. 세수를 하는 물이 맑아 먹을 수 있을 정도다. 여관으로 와서 아침을 먹고 줄을 지어 여관 앞을 나오는데 부산 동래여고 학생들이 우리 인원의 열 배를 능가했다. 끝이 없다. 가도 가도 아래는 흰 체육복 위에는 빨간 체육복 차림의 대열이다. '전국에서 저렇게 많은 학생들이 오는데 나는 여기도 못올 뻔했구나! 아……. 도시와 시골은 차이가 너무 심하구나!' 동래여고 학생들은 돈이 많은지라 케이블카를 타고서 산을 오른다. 이제 우리도 대열을 지어 오르기 시작했다. 인원이 부끄럽기만 하다. 상주에서 출발할 때에는 우리만 여행하는 것 같더니만 완전히 착각이었다.

오늘은 숲속으로 향하고 있다. 여기도 인원을 계산해 약간의 돈을 주고 들어가는 공원이었다. 큰 도장에 물이 흐르고 있다. 얼마나 아름다운지 숲도 울창한데다가 한참 쳐다보면서 올라가니 선녀가 옛날에 목욕을 하고 날아갔다는 선녀계곡이라고 부르는 곳이 있다. 물이 맑디맑아서 초록색이 되어버렸다. 조금 더 올라가니 작은 다리가 하나 나왔다. 구경을 마치고 내려오는 부산고등학교 학생들을 봤다.

우리는 아직 올라가야 하는데 동래여고생이 금강굴을 구경하고 내려오는 도중이라 길이 없다. 여기가 정말 설악산 같은 느낌이 든다. 산은 삐죽삐죽 솟아있고 서로 사진을 찍느라 여념이 없다. 우린 더위도 잊을 겸 하드 덩어리를 몇 개 사서 먹었다. 높은 산이 솟아있고 폭포도 있는데 물이 말라 흐르는 폭포수를 볼 수가 없다. 서운하기 짝이 없다. 산길에 별장이 박혀 있고 과자 상점을 옆에 끼고 있었다.

이제 금강굴에 올라간다. 또 험난한 산길. 설악산에선 높은 산길을 통하지 않고선 좋은 구경을 할 수 없다는 말이 사실이었다. 올라가는 길에는 바위마다 손잡이를 박아서 사람들이 오를 수 있도록 만들었다. 큰 너럭바위를 딛고 정상에 오르니 마음이 짜릿짜릿하다. 내려다보니 아득한 절경에 나 역시 겁에 질린다. 하지만 여학생들도 잘도 구경하고 갔지 않은가. 겁먹지 말자고 마음을 진정시킨다.

둥근 바위 위에는 터를 잡고 망원경으로 돈을 버는 사람이 있다. 이 사람은 사철 바위 위에서만 생활해야 하나보다. 7형제 바위 계곡 등 이상한 곳이 보였다.

이곳 관람을 마치고 우린 금강굴에 들어갔다. 교실 반 정도 되는 굴 안에 스님이 두 분 정도 있고 큰 부처가 있었다. 들어가니 자세한 해설을 해주신다. 바위 옆에서 한 방울 두 방울 떨어지는 물을 바가지에 담아서 마셨다. 먹고 다시 발길을 되돌렸다. 위에 바위가 얼마나 크고 장엄한지 놀라지 않을 수 없다. 구경을 마치고는 내려왔다. 몇 백 년 묵은 소나무가 바위에서 자라는 것도 목격하였다. 앞을 가로막은 다람쥐 떼를 볼 때 정녕 자연 그대로이고 평화를 상징하는 듯했다. 이젠 폭포를 구경 못함이 서운하다.

산에서 내려오는데 온갖 잡생각들이 씻긴 듯 깨끗하다. 다만 우리 집에서 나만 이 경치를 구경한 것이 미안하다. 부모님이 생각나고 동생도 생각났다. 한평생을 사셔도 여기도 구경 못하셨다. 언제 시간이 있고 돈이 생기면 부모님을 모시고 가족들과 함께 여유 있게 구경하고 싶다. 내려가다 보니 초행이라 내가 어디쯤 내려왔는지도 몰랐는데 어느새 여관이다. 여관 옆에는 케이블카도 있는데 어쩔 수 없는 노릇이다. 케이블카를 타야만 폭포구경을 할 만한데…….

이젠 가방을 전부 들고 집으로 가는 분위기다. '하루 더 구경하고 가면 얼마나 더 좋을까?' 떠나려는 발걸음이 무겁기만 하다. 발길을 재촉하니 적적하고 아쉬운 이상한 마음이 든다. 버스 정류장으로 갔다. 버스 두 대가 기다렸다는 듯이 뽕뽕한다. 광주 중앙여고 차는 아직 묵묵하다. 늦게 와서 일찍 가는 우리 신세……. 버스는 이내 속도를 내기 시작한다. 모든 아쉬움이 씻기고 있다. 오면서 이 생각 저 생각하며 어수선했는데, 이제 마음이 한구석이 밝혀지나 보다. 경포대에 와서 기차에 몸을 실었다. 이제 정말 돌아간다. 기차는 달려 묵호에 닿았다. 묵호 시내가 모두 아름다워 보인다. 작은 발전소도 하나 보인다. 도대체 지리과목이라도 잘하면 '아, 이것은 무슨 발전소인데'라고 할 텐데 알 턱이 없다. 어느새 영주에 다가왔다. 차 시간이 맞지 않아서 한 시간 정도 쉬어야 되는 모양이다. 영주 뒷산으로 가서 사과와 빵을 먹고 나니 시간이 우리를 부른다. 할 수 없이 역으로 왔다. 다시 차에 차례차례 올라와 달리니 어느 새 예천에 왔다. 가다가다 드디어 점촌에 닿았다.

해가 지려고 한다. 상주에 오려고 하니 전깃불이 아롱아롱 빛을 낸다. 우리는 모두 내렸다. 사고 없이 잘 다녀왔다는 것이 가장 자랑스러웠다. 내려서 각자 인사를 한 뒤 집으로 갔다. 나는 왜 이렇게 주체성이 없었을까? 여행이 여행 같을 수 있는 건 오르지 자신에 달려있다는 것을 인식하였다.

여행을 다녀와서는 부모님에게 부끄러웠다. 그리고 고교 시절로서는 제일 추억에 남는 장면이었기에 모두가 자랑스러웠다. 글씨도 못 쓰고 글 실력도 없지만 앞으론 어느 곳을 가든 기행문을 꼭 일기 쓰듯이 쓸 것을 다짐했다.

낙동에서
거제까지

낙동강 물을 퍼마시며 자랐던 딩골 촌놈이 결국 거제 고현만 삼성조선소에 뿌리를 내렸다. 외국의 선주(船主)들도 거제도만큼 아름다운 경관이 없을 거라며 극찬하는 이곳이 제2의 고향이 되었다. 고향이 어릴 적 영혼의 DNA를 심어주었다면, 거제는 나를 '어른'으로 성장시켰다.
지나온 날 의미 있는 사진을 담는다.

”

영순중학교 1학년 봄에 내성천 삼강주막 근처로 봄 소풍을 왔다. 보물찾기 상품으로 책받침을 받았다. 이 때 나는 배구에 매료되었다. 1970년 4월이다.

1983년 3월. 동명대학교 졸업식 때 지금은 아내인 당시 '그녀'와 함께. 아직 평생을 언약하기 전 그저 가슴이 콩닥거릴 때다.

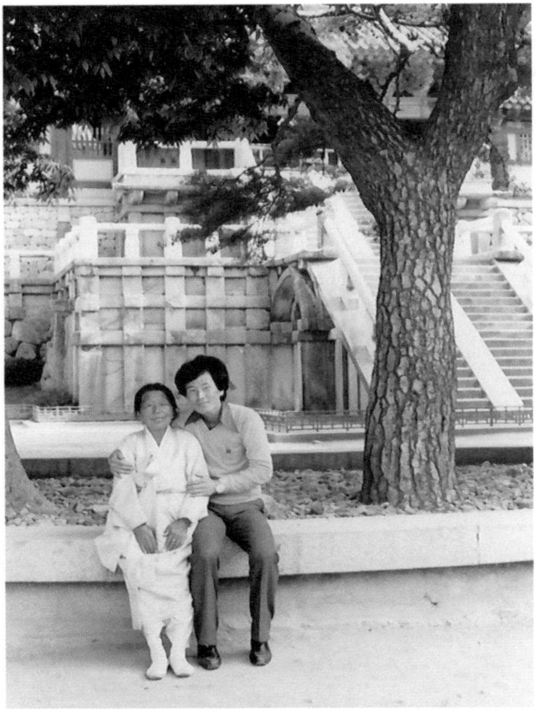

목골댁 할매, 우리 할머니를 모시고 경주 불국사 여행을 갔다. 까만 얼굴에 후덕함만이 있는 할머니는 손자와의 여행을 무척이나 즐거워하셨다. 젊은 시절 시간을 낸 둘만의 여행이 지금은 너무나 소중한 추억으로 남았다.

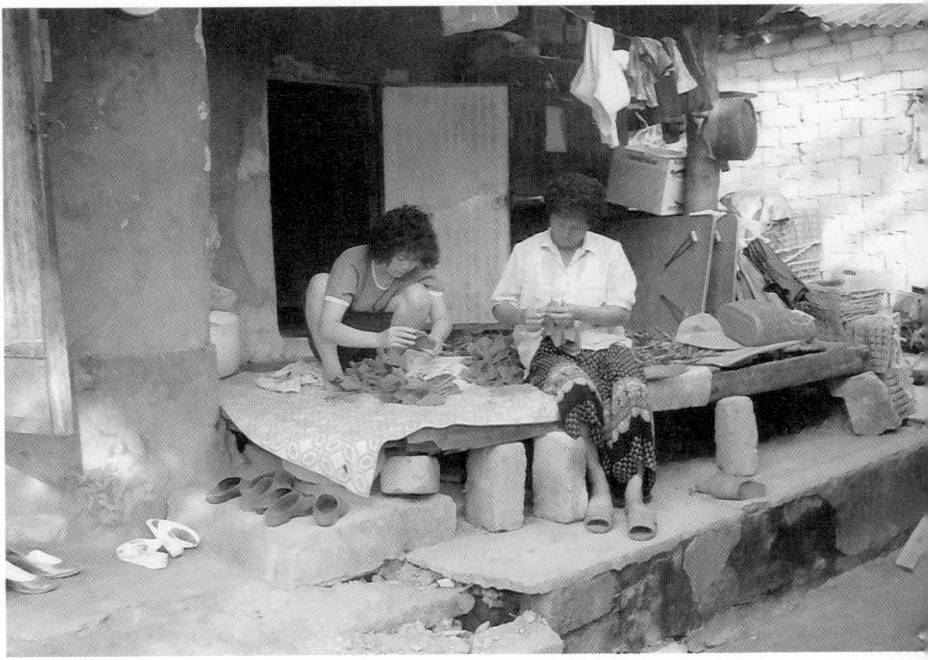

고향집 마루에서 서울 제수와 어머니가 호박잎을 다듬고 있다. 집이 낡아 쓰러져가는 폐가 같은 모습이었다. 1986년.

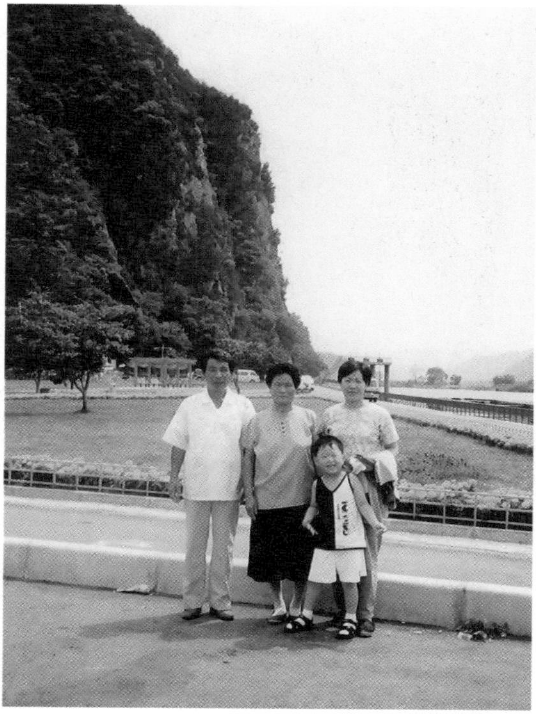

울진 석류굴이다. 부모님을 모시고 나들이 나왔다. 아들 표정이 가장 해맑다. 1996년 하계휴가 때다.

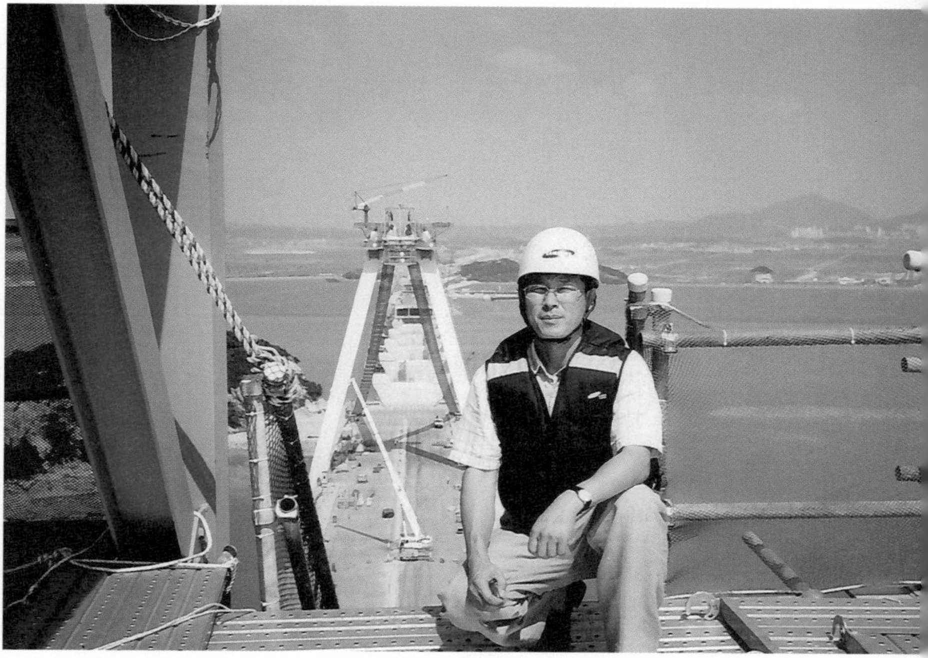

국내 최초의 강교 현수교인 영종대교다. 107m 정도 높이의 주탑 탑정부에 올랐다. 삼성중공업 검사부 차장시절이다. 고되고 힘들었지만 흘린 땀과 불면의 밤만큼 나는 성장했다. 1998년 11월이다.

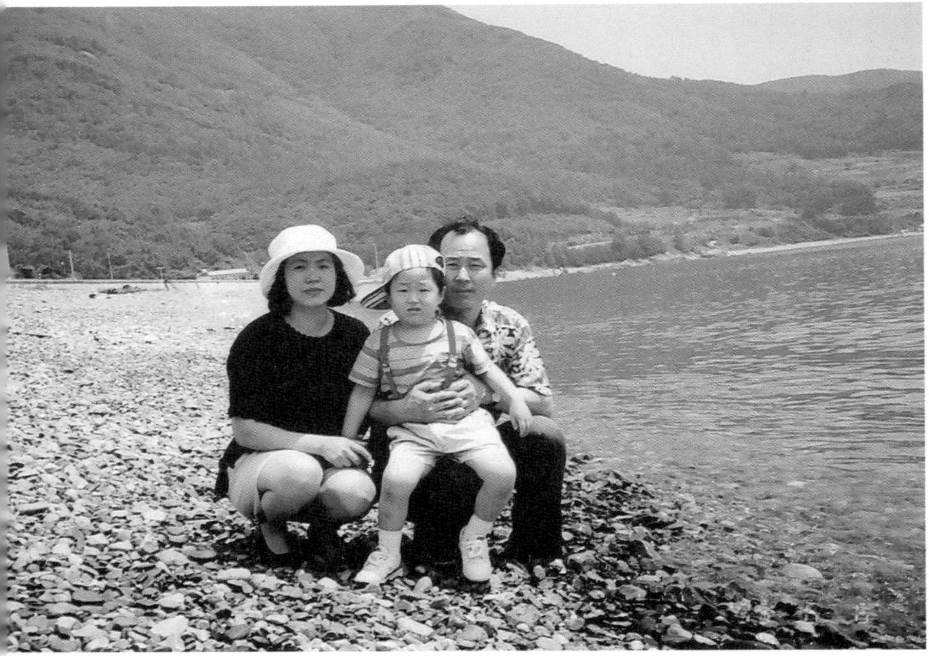

거제 학동 몽돌밭이다. 아들이 한창 뛰어다니고 재롱부릴 때이다. 아내와 난 이때 무척이나 행복했다. 1995년.

1998년, 추석 즈음에 육남매가 모두 모였다. 고향집 앞뜰이다.

1999년, 통영대교 아치(ARCH) 설치 상량식 직전에 찍었다. 당시 나는 프로젝트 메니저로 공사를 책임졌다. 통영 시내와 미수동을 잇는 다리라 더욱 큰 자부심으로 일했고 다리의 야경은 지금도 무척 아름답다.

1999년 10월, 아들이 9살 되던 해 故 국정(菊井) 김현봉 선생님 댁 안방에서 가훈을 받았다. 국정체(菊井體)라는 독보적인 글꼴을 탄생시킨 선생은 동양서예의 거목이셨다. 팔십 평생 붓을 들었지만 늘 두렵다며, 나이 70이 넘어서야 글은 재주가 아니라 삶과 덕으로 쓰는 것이라는 것을 깨달았다 말씀하셨다. 우리 집 가훈은 소박하다. '웃으며 건강하게 살자'이다.(소이건경)

거제 사곡 삼거리에서 2009년 10월. 정동산업 1회 추계 체육대회에서 직원들과 함께 했다. 나도 직원들도 신생 기업을 보란 듯이 일으키겠다며 결의가 대단했다.

거제 나의 집 매송서재. 베란다에 꾸민 난실과 서재야말로 안식을 얻는 영혼의 안식처다.

집 베란다에 마련한 난실이다. 난실에 머물다 나오면 은은한 향이 그윽하다. 난을 키우기 전엔 여성화장품 따위는 난향에 비길 바가 아니라는 말이 그저 과장인 줄로 알았다.

제주 화가 왈종 선생님과 함께. 선생님의 그림만큼이나 인품에서도 평화를 느낄 수 있었다. 2012년 서귀포 작업실 정원에 귤이 예쁘다.